JN227955

窒息の街

マリオン・メッシーナ
手束紀子訳

Faux départ
Marion Messina

早川書房

窒息の街

日本語版翻訳権独占
早　川　書　房

© 2024 Hayakawa Publishing, Inc.

FAUX DÉPART
by
Marion Messina
Copyright © 2017 by
le dilettante
Translated by
Noriko Tezuka
First published 2024 in Japan by
Hayakawa Publishing, Inc.
This book is published in Japan by
arrangement with
Le Dilettante
through Japan Uni Agency, Inc., Tokyo.

装幀／藤田知子
Photo by Arman Zhenikeyev/The Image Bank/Getty Images

ジャン、ミシュリーヌ、アントワーヌへ

Ser terco. Insistir.（頑固であれ、諦めるな）

1

アレハンドロは乾いた口と、気だるい朝にありがちな中途半端な勃起を感じて目を覚ました。かろうじて体を伸ばすと、ほっそりとした手の小麦色の掌《てのひら》が一室しかない部屋を横切る梁に触れた。腹が減っていた。エマウス*で買った冷蔵庫から、細切れのベーコンと和えたパスタが鼻をつくにおいを放っている。彼は三日前から続けて穿いているトランクスに再び脚を通し、グルノーブルの冬に耐えるには薄すぎるセータ

＊ 一九四九年にピエール神父が社会的弱者の救済のために設立した慈善団体で、寄付された物品を格安で販売する施設がフランス各地にある。

ーを頭から被ると、ダウンロードリストをチェックした。片手を忙しく動かしながら、ガーターベルトとピンヒール姿の四十代の女が後ろから突かれているのを険しい目つきで見たあと、外に出てレストランチケット（料金の約半額を雇用主が負担する食券）でケバブを買い、埃っぽい十八平方メートルの部屋に帰ってきた。すでに夕方五時、雨の降る寒い十二月の土曜日だ。週末は仕事がない。同国人の仲間との飲み会は夜九時まで始まらないだろう。彼はマリファナを巻いて横になった。

アレハンドロはイル＝ヴェルト地区（グルノーブルの北東に位置する地区）にある、元々は家族向けに造られた一軒家に下宿している。元子供部屋が即席で八つのワンルームに作り替えられており、すべての部屋が学生で埋まっていた。興奮した子供たちの笑い声や騒音は消え失せ、今では破廉恥なあえぎ声、アルコールまみれの乱痴気騒ぎ、日曜午後に中庭のゴミ箱に投げ込まれる瓶と瓶がぶつかる音が響く。最年少の入居者は十九歳、最年長は物理学の博士課程の学生で、四十代に手が届くかというところ。この男は禿を隠すために一年中ラスタ帽を被っている。イギリスのトリップ・ホップ*のベース音、ジャマイカの甘ったるいレゲエの音色、東ヨーロッパにいそうなつまらないＤＪのクラッシーなエレクトロ音楽に、モルタルの壁が振動していた。どの西欧の地方都市の、どの学生の話でもよかった。しかしアレハンドロ・マヌエル・ゴンザレス・ペーニャは自らの一貫性のなさを半ば自覚していて、それが彼を、まったくの偶然で外国の街に行き着いたほかのどのコロンビア人よりも興味深く、遥かに神経質たらしめていた。

ボゴタにある私立大学のフランス文学科でプレグラード（日本の学士課程に相当する）を終える年、アレハンドロは憧れの作家たちを真似て旧大陸で学ぼうと決めた。同国人の凡庸さ、何があろうと失脚しないエリート層の腐敗にほとほと嫌気が差し、一年近くかけて手続きを進め、学術的なフランス語能力を大いに試された。留学先となる街のことはウィキペディアでスタンダール（グルノーブル出身）のページを開いて知ったのだが、最初はその人口の少なさに怯えた。グルノーブルは唯一の選択肢だった。コロンビアの郵便局は、アレハンドロがボルドーとリヨンに宛てた志願書を期限までに届けることはなかった

＊　ヒップホップから影響を受け一九九〇年代に発展したクラブ・ミュージックで、イギリスのブリストルが発祥地とされる。

のだ。

アメリカに住むおじのおかげで十分な資金を集めることができ、ヴィザの取得費用、渡航費、フランスで最初に借りた家の保証金を支払うことができた。大通りに面した三部屋のアパートで、四人の南米人とシェアした物件だ。名声と深い学識を得るという夢を実現するため、アレハンドロは高校からのノーヴィア（スペイン語で花嫁、恋人の意）、ディアナを置いて国を去った。飛行機の中で、彼女が恋しくなることはないし、恋しくなったとしても、ほんの少しだろうと悟った。ディアナにとってアレハンドロは最初にして最大の恋愛相手だったが、彼は運命の出会いを求め、旅立った。

ディアナはアレハンドロと一緒に留学したいと言った。ディアナも学士課程を修了しており、恋人よりもずっとフランス語ができた。アレハンドロはネルーダを引用しつつ、愛が最高潮にあるうちに別れるのが良いのだと説明して彼女を拒んだ。ディアナは長い間うつ状態に陥り、アレハンドロが出発してからの数カ月で体重が二十キロも増加した。彼女の中で何かが壊れてしまった。アレハンドロに長いメールを何通も送りつけては、捨てられたという耐えがたい感情のこと、みだらな夢ばかり見る不安で胸が締めつけられるような夜のこと、彼がほかの女と寝ている光景を想像してしまうこと、腹痛、過食、昼夜を問わずに襲ってくる止まらない涙の発作に苦しんでいることを書き連ねた。アレハンドロは一度も返事をしなかった。言うことなど何もなかった。彼女が苦しんでいることは残念だったが、責任を感じて自分を責めることは一切なかった。頭を使いたくなかったのだ。

***

アレハンドロは二十四歳になったばかりだ。誕生日は無理やり賑やかな雰囲気を出したラティーノバーで祝った。アツい音と熱狂のリズムを求めるフランス人向けのバーだ。ラテンアメリカ的感性は、グルノーブルではまるで根付いていなかった。とはいえ南米大陸について少し話すだけで、下品なレゲトン*好きの尻軽女から、ネルーダの詩をむさぼるように読み、ブニュエルの回顧上映に通うような郊外の市役所職員まで、様々なタイプの女を興奮させ、ものにすることができた。

＊　レゲエやヒップホップの影響を受けてプエルトリコで生まれたスペイン語の音楽。

彼は自分を年寄りのように感じ、疲れていた。九月から現代文学のM2（日本の修士課程二年目に相当する）に在籍している。フランスに来てもう一年以上が経った。到着した翌日には雇用センターのサイトを閲覧して履歴書《CV》と志望動機書《LM》を送り、家族手当金庫《Caf》への提出書類をまとめ、学生向けの相互健康保険《Smerra》の事務所で行列に並び、UFR、UE、ECTSなどの一連の大学用語にさらされた。そしてすぐに週十時間の無期雇用契約《CDI》で私立大学の寮の施設清掃スタッフとして雇われた。毎朝六時に起きて八時半まで働いたあと、自転車で大学の講堂か南ホールの裏側にあるプレハブの建物へ向かう。稼ぎは月に数百ユーロ、住宅補助手当《APL》（前出Cafより支給される）と合わせると、家賃と必要最低限の生活費をかろうじて賄うことができた。両親は民間企業のエンジニアと、カトリック系名門高校のスペイン語教師だ。しかしアレハンドロは〝不安定な生活を送る天才作家〟という特定の構想を抱いて成長しており、愛情深い両親や自分に惚れ込んでいる恋人によってそれを歪められたくはなかった。飲み友達は山ほどいるが、スペースや設備の問題で家に招くことはない。部屋のパソコンは二十四時間音を立てて絶えずポルノをダウンロードするか、レディオヘッドの音楽を吐き散らしていた。

アレハンドロは経済的な観点からはまったく自由気ままな生活を送っていたが、文学的にはこれ以下はないくらいつまらない時間を過ごしている。試験は合格点ぎりぎりで、Ｍ１（日本の修士課程一年目に相当する）の論文の内容は並以下だったが、口頭発表まで三週間を切った頃にようやく手を着けたということを考慮すれば、とても良い出来だったとも言える。意味論に関連する難解な用語を除けば、授業でたいしたことは学ばなかった。要するにすべてスペイン語に非常に近いのだ。彼は何時間もぶっ続けでブレル、ブラッサンス、ブーバ（フランスのラッパー。一九七六年生まれで父親はセネガル人）、ゲンズブール、それからフランスのあらゆるバンドの曲を聴く。ヒップホップの大げさな言葉やシオランの文全体の引用を披露したら、何人かの女の子たち、胸の硬さでしか区別ができない女の子たちを、自室の柔らかすぎるマットレスに押し倒すことができた。もう文章は書いていなかった。

二〇〇八年、各紙の一面を〝危機〟の見出しが飾った。誰もこのトピックについてまるで理解していなかったが、誰もが一家言持っていた。トロツキズムが再び流行し、人々は近いうちに経営者が監禁される事件が起きることを空想しては、ゴールデンパラシュート、ウォールストリート、金融の規制緩和、野蛮な資本主義（倫理を軽視して過度な市場競争と利益追求することが特徴）を語った。サルコジはほんの一年ちょっと前、大統領選の選挙期間中にあれほど称賛した経済システムを非難しようと四苦八苦していた。いわく経済をモラル高きものにせねばならず、経済の役割を人類への奉仕へと戻し、その反対を許してはいけない。広告主たちにとっては、この年の非常に良いスローガンとなった。ブラッスリーのテラス席はいつも満席で、フランス人、このせっかちで短気な国民は、わずか数カ月前に夜八時のニュースで聞いた〝危機〟は、まだ何の影響ももたらしていないと言って危機に乾杯する。ジャーナリストたちのたわごと、ただの杞憂、もしくは新しい時代の幕開け。テーブルに着いている五十代の客たちは一九六八年の五月革命に参加するには生まれが遅すぎたが、常に一つ上の世代を羨んでいて、革命が大股でこちらに近づいているなどと予言して盛り上がっていた。彼らはレストランチケットを冊子から切り取りながら退職後の不動産計画について語り合い、明るい未来を夢見ている。投機や、国民を食いものにするアタッシュケースを抱えた寄生虫たちから永遠に解放されたエデンの園。そこには真面目な公務員があふれていて、最も高尚な大義、すなわち福祉国家の存続に身を投じているのだ。この不快で終末論的な環境下、ゴシップといいかげんな政治的推測があふれる中、アレハンドロは空っぽの胃と満杯の陰嚢で毎日をスタートさせていた。

夜、アレハンドロは舞台芸術の学生、グスタボの家を訪ねた。グスタボはアルゼンチン演劇とウディ・アレンの映画に惚れ込んでいて、郊外の文化センターで案内係兼もぎりとして働くほか、職業高校の生徒監督もしている。労働市場で受けの悪い研究分野を専攻する移民としては非常に恵まれていた。今年は修士課程二年目の論文を準備していて、学生ヴィザの更新により合法的にフランスに滞在できる。その暮らしはみすぼらしく、ごく普通のフランス人には真似できないだろう。どんな最低賃金労働者であっても無理だ。グスタボはアレハンドロと共に祖国に対する軽蔑心を募らせ、どんな理由があろうともコロンビアに帰らないつもりでいた。母親のこと、二年に一度夏に訪ねた祖父母のことを考えると、愛と苦しみで胸が痛む。クリスマスシーズン、祖国を離れた外国人にとって最もデリケートな時期が近づいていた。クロの六本パッ*

* フランスの主要なビール、クローネンブルグの略称。スーパーで安く買える。

クをいくつか買って不幸な仲間たちと家族をたたえ、順番にスカイプを繋いで愛する人たちのぼやけたスクリーンショットを撮って、カルロス・ガルデル（アルゼンチンのタンゴ歌手、俳優。一九三五年没）とジョー・アロージョ（コロンビアの作曲家、歌手。二〇一一年没）の歌を、雪に覆われた屋根を見つめながら聴かねばならない。

仲間との集まりはこれまでの数週間と代わり映えせず、これからの数週間も同様だろう。二十五歳くらいの若い男六人がワンルームのテーブルを囲み、床に座るか、道で拾ってきた長椅子に腰掛ける。音楽を流すためのパソコンが一台あって、ハシシのにおいが漂い、皆がビール臭いげっぷをどんどん我慢しなくなる。女や政治についての会話、下ネタ、カードゲーム、飲酒量への挑戦、午後三時の目覚め。〝コロンビアを救った〟元大統領ウリベを崇拝する者もいるが、アレハンドロは自由主義的傾向のある都会人であり、心の底からウリベを嫌っていた。週末が平日に比べて特別刺激的ということはないが、時間はあっという間に過ぎるし、仲間に囲まれているような錯覚を持てる。しかし心の奥のほうでは、アレハンドロは孤独の恐怖に身を凍らせていた。時に、酒の勢いで一、二ページの文章、それもしばしば非常に良いものを書けることがあった。才能は間違いなくある。でも翌日にはテキストを削除してしまう。『カラマーゾフの兄弟』みたいな小説を書きたかったのだ。忌み嫌うガルシア・マルケスに取って代わりたかったのだ。あの文体は耐えがたいし、登場人物の名前も覚えられない。アレハンドロに書けるのは女と酒についてだけ。第四世界のボードレールになったような気分だった。ちっぽけで、滑稽で、他人が住む寮のカーペットに掃除機をかけたり、公共交通機関をタダ乗りしたりせざるをえないボードレールだ。アレハンドロは今やヨーロッパにいる意味を忘れ、文字どおりのマスかき野郎となって、マスターベーションと性的快楽の探求に自由時間の大半を費やしていた。

＊＊＊

新たな一週間が始まり、アレハンドロはいつものように仕事場に行った。オーレリーは先に着いていた。オーレリーは真面目で、呆れるほど、そして見事なまでに規律正しい性格をしている。しゃがんで背中を反らせて尻を突き出し、ベッドの下を拭く彼女の様子を観察すると、アレハンドロはオーレリーの中で得る快感を思い出した。豊満でしなやかで、丸みを帯びていて張りのある体。彼が腰をうねらせて中へと入り込むと、声が驚くほど高音まで上がる。彼女は必ずチョコレート・タルトかツナのキッシュを一切れと、アルミホイルで包んだグリーンピースを持って彼の家にやって来る。オーレリーは労働者階級の出で、それはちょっとした細部にも見て取れた。二十分も仕事をすれば剝げてしまう低品質のマニキュア、ばからしい模様入りの、粗悪な綿でできたまとめ売りのパンツ。肩の高さで切りそろえられ、控えめに段を入れた髪型は、まるで母親からもらった金額の入っていない小切手を握りしめて初めて美容院に行ってきた中学生みたいだった。洋服の縫い目は飛んでいたし、ジーンズは大きすぎてカットも悪く、丸く膨らんだ小さな尻をまるで活かせていなかった。

　オーレリーはこざっぱりとした身なりの行儀の良い若い娘だ。グルノーブルに隣接した郊外の街フォンテーヌにある公共低家賃住宅《HLM》で育ち、そこを一度も離れることなく暮らしてきた。彼女がセックスをするためだけにアレハンドロの家で過ごすようになってすでに数週間が過ぎていた。遠慮と、礼儀上の会話をしようとするふりをしなくてもいい喜びから、二人はほとんど話をしない。人と人の関係は常に打算的なものだ。空白を埋めるため、時間を潰すため、もしくはセックスをするため。互いに同じ目的を共有していれば、話す必要など一切ない。本質的なことは達成され、その取り引きは健全だ。真面目かつ熱心なオーレリーは、アレハンドロがオーガズムに達する瞬間まで必ずペニスをしゃぶり続ける。彼女はフェラチオを大いに楽しみ、女性でもポルノを浴びるように見る世代の人間としてはかなり珍しく、心身を解放して見た目を気にせず、性行為中のだらしない体を受け入れることができた。

オーレリーはお腹を引っ込ませることはしないし、恥毛もほとんど脱毛せず、快感が高まった時に叫んだり顔を歪めたりすることを躊躇しない。自由で自然体で、アレハンドロとはあまり話さないが、ユーモアのセンスもある。彼女は好意を抱いて、恐れることなくアレハンドロの元にやって来た。アレハンドロの前に経験したのは高校時代の冴えない男一人だけだ。その男は下手な手つきでオーレリーの処女を奪ったが、彼女は出血しなかった。二度目には早くもアナルセックスを持ちかけてきたので拒んだ。行為中に痛みを感じると伝えると、そいつはそれは良いしるしであり、女は痛みを感じなければならないと答えた。いわく、女は「ウイ」と思いながら口では「ノン」と言うし、オーガズムと痛みを区別できないらしい。恥毛をすべて脱毛してくれとも頼まれたが、オーレリーは嫌悪感を覚えた。彼女は自分の乾いた分厚い縮れ毛に触れるのが好きだったし、恥毛が下着の下で形作る隆起を見るのが好きだった。ポルノを真剣に見たことは一度もなかった。何かが気に入らず、型にはまっていて退屈だと思っていた。その後、経済・社会系バカロレア（高校教育の修了を認める国家資格）に〝優〟の評価で合格するまでは大人しくしていた。

　アレハンドロに出会ったのはアルバイト先でのことだ。細身で、膝関節が柔らかく、地面を跳ねるように歩く彼にすぐに惹かれた。彼には文化的背景と、最低限の人生経験があったが、オーレリーは巣から落ちたばかりで、知識欲をどう満たしたらいいのか分かっていなかった。アレハンドロはフランス人でもなければ、ヨーロッパ人でもない。彼が話す言葉を耳にするだけで世界に向けて窓が開いたようだった。彼はエキゾチックという自分の手札を実に慎重に、巧妙に使っていた。外見に関しては人と比べて目立つものはない。小柄で、髪の生え際が非常に低いために額はひどく狭められ、滑らかで艶々と青光りする豊かな黒髪とぼやけた眉毛の間に、小麦色の肌の帯が挟まれている。丸い目は定規で引いたような真っ直ぐなまつ毛を頂き、鷲鼻が横顔を特徴的なものにしていた。アレハンドロは魅力的な欠点の塊だ。歯は先が尖っていて不揃いだが真っ白で、唇は肉付きが良く、輝いていた。

オーレリーがコロンビアのことで知っていることといえば、シャキーラとコロンビア革命軍《FARC》、イングリッド・ベタンクール*が数カ月前に救出されたことくらいだった。母親は支援団体の呼びかけに応じてバルコニーにろうそくを置いて連帯を示したが、オーレリーがこの人質の運命に関心を持ったことはなかった。彼女には打ち込んでいた別の問題があったのだが、それもバカロレアの試験が近づくと引き出しの奥にしまいこんでしまった。アレハンドロは彼女にもっとコロンビアのことを教えてあげると約束したが、その約束が果たされることはなかった。彼に近づいてくるのはアウシュヴィッツ観光から帰ってきたような人たちばかりで、フリーチベットに賛同し、南米大陸の先住民を支援し、フェアトレードの板チョコを買う。コロンビア人以外の友人はそんなタイプの人間が大半だった。好奇心が旺盛なだけのフランス女など、めった

＊　フランス国籍も持つコロンビアの政治家。二〇〇二年にコロンビア革命軍に拉致され、二〇〇八年にコロンビア陸軍により救出された。

に会うことがなかった。政治の話は同国人としかしない。それ以外の人たちとは長々とした説明から始めなければならないからだ。母国の度重なるスキャンダルに触れるのも何となく恥ずかしかったし、祖国への恩義はますます薄れていった。巨大な刑務所から逃げ出してきたような気持ちが強まる一方で、ホームレスを見殺しにできる西欧人たちの同情の眼差しにも、同じくらい耐えられなかった。

オーレリーには、男に言い寄られたいとか求められたいという意思がなかった。誘惑には時間がかかるし、それに必要な自信が彼女には欠けていた。二人は一目で互いを認識し、アレハンドロはさほど時間を無駄にすることなく、オーレリーを家に招いた。彼女は完璧なフランス語で、声を軽く震わせながら打ち明けた。高校では友達がほとんどいなかったこと、大学に入ってから凄まじい孤独を経験していること。その話しぶりは自分を見失った優等生のようだった。バイトには満足していた。毎朝人に目を留めてもらえるからだ。バイト代でコンドルセ通りに何件も並ぶベトナム料理店で母親に奢ることもできる。中学と高校時代、暇つぶしによく読書をしたおかげで適確に言葉を選べたし、発音も完璧だった。別の社会職業階層《CSP》に生まれていたら文学を専攻していただろうが、父と母を安心させるために法学部を選んだ。就職口が多いからね、と求人動向についての知識を誇らしげに披露する両親に言われたのだ。オーレリーは運転免許証を取得するためにすでに借金をしていた。恐ろしく退屈していた。道路交通法にも、授業にも、社交のために無理やり顔を出す学生のパーティーにも、講堂で隣に座る学生にも、演習にも、両親といても、公共交通機関の中でも、ショッピングセンターに行っても。彼女は十八歳だった。

2

オーレリーの大学初日は木曜日だった。中心地から少しだけ離れたグルノーブル大学の敷地は緑にあふれ、近代的で、恵まれた研究の場だった——四十年前に流行《はや》った売り文句そのままだ。彼女はリュックとポーチの中身をきちんと準備し、人生の新しい段階《ステージ》がスタートするのを心待ちにしていた。どんなに小さな変化にも常に順応しようとする性分で、活発な印象を与える細身の高校生らしいワードローブは、数着のゆったりとした洋服と木製のイヤリングに入れ替えてあった。メイクはアイシャドーなしで、黒いアイラインを軽く引くだけ。何日も前から髪をセットするのを控えて、できるだけボヘミアン風の学生に見えるようにしていた。

ピエール・マンデス＝フランス大学の廊下、一番講堂の前に集まった学生たちは、修正《レタッチ》なしの、まさに紋切り型のフランス流〝多様性〟そのものを表していた。多様性、誰もが実際に体験することなく言及する言葉だ。比較的多いのは消費社会に溶け込んだブルジョワ家庭の出身者たちだ。女子学生はスリムジーンズにバレエシューズを合わせ、髪はストレートヘア。男子学生は髪を横分けにして撫でつけ、肩かけかばんを指で摑んで固定し、手には最新型の白いスマートフォン。光沢のある靴を履いていて、顔立ちはまずまず以上、将来に対する不安を一切持たず、目は自信で輝き、ソビエト建築に影響を受けたこの新しい勉学の場に多少は慎重になりつつも、のびのびと振舞っている。そのすぐあとを追うのが廃れ始めた保守派の家庭出身の学生たちで、光の加減によって、十八歳が十三歳にも五十歳にも見える。ネイビーブルーと生成り色の服に身を包み、臆病な目つきで背を丸めていて、ミサかおやつの時間を待っているかのようだ。家族の伝統が保護され、自分たちの社会的地位が保証されると確信できさえすれば、家畜小屋や集団農場《コルホーズ》で法学の授業を受けることだって厭わなかっただろう。ネオンカラーのジョギングパンツを腰に落として穿き、セルライトが浮き出たふくよかな腹部を露出した数人のアラブ系の女子学生が、この型にはまった集団に少しばかりの活気を与えていた。交わされる会話は落ち着いていて、思春期の自然体は徐々に慎みと、大人らしい警戒心が混じった偽りの遠慮に取って代わられていった。

オーレリーが属するのは、ぱっとしない学生のグループだ。冴えない白人で、伏し目がちに腕を組んでいる。こういった学生が長椅子の並んだ教室に大勢で押し寄せることを想定して整備された環境にいるにもかかわらず、彼らは居心地の悪さから汗をかく。特筆すべき服装のスタイルはない。無地もしくはいいかげんな英語が隙間なくプリントされたコットンのトップスを着ていて、身体的に目を引くものもなく、共通する趣味もなく、目立たない場所に散らばって、携帯の画面から目を離さない。集団が巨大な講堂の中に入ると、それぞれが座った位置によって社会職業階層が改めて浮かび上がった。冴えない白人たちは四散した。講堂は二年前の反ＣＰＥ運動[*1]で占拠されたあとに塗り替えられていた。机に刻まれた妙なルーン文字はそのままで、はっきりと反右翼、反経済的自由主義、親公共サービス、親アルデシュ解放運動[*2]を主張している。こういったホルモンと善意のほとばしりをもってしてもやはり危機は訪れたし、やはり高校生はバカロレアを取得し、国の端から端まで、学士課程の教室は大学一年生であふれかえっていた。

一人の男が講堂に入ってきて、擦り切れたかばんを壇上にある木質ボード製の机の上に置いた。マイクを指で叩いても講堂内は静かにならない。男は何度も咳払いし、背中に目立つプリーツが入ったシャツで眼鏡を拭いた。千鳥格子柄のズボンを穿き、淡い栗色の髪の束をたいそう器用に撫でつけて、老け込んだ薄ピンク色の地肌を隠している。騒々しさが収まらない中、男は口を開き、最後列の学生たちが立てる雑音をBGMに話を続けた。うるさくしているのは、社会的基準に基づいて給付される奨学金（成績を問わず、家庭の収入や子供の数によって支給される）の抗いがたい魅力のためだけに出席している学生たちだ。

＊1　二〇〇六年、若者の解雇を容易にする初期雇用計画CPEに反対してフランス全国で若者によるデモが起こり、高校や大学が封鎖された。

＊2　フランスの中央高地の南東部に位置する県。特別な歴史背景はないものの、ごくわずかに自治権を主張する運動が存在する。

「法学部のカリキュラムは適当にはこなせないぞ。体系的で厳密なアプローチで取り組まなければならない。厳格な規律と、強い意志が問われる。君らは世界を理解し、主要メディアが報じる切り取られた情報を異なる視点で捉えられるようになるだろう。要となる概念を習得するには厳選された文献で学ぶ必要がある。グルノーブル大学出版から刊行された私の新著を購入するように」

真面目なオーレリーはノートを取るものの、集中力は保てなかった。男の声は低く、嗄下音と、不快な咀嚼音で不安定に揺れている。この人は何十年も同じ話をしているのではないかと思えた。何せド・ゴールやミッテランについての冗談を言い、第五共和政を最近起きた革命のように語るのだ。最前列に座る未来の公証人たちは、肘を直角に曲げて近くの学生が盗み見するのを防ぎつつ、一言一句漏らさず壇上の男の言葉を書き取っていた。

二時間にわたる最初の〝講義〟のあと、オーレリーは処女を失ったばかりの生娘のような気分になった。長い間抱いてきた幻想が、これほどにも無味乾燥で無益で長ったらしいものだったということを、どう理解していいか分からないでいたのだ。ストレスで下腹部が痛むのを感じながら、大半の同級生と同様にコーヒーの自動販売機コーナーに向かった。飛び交う言葉をいくつか聞き取りながらも、人に近づく決心はつかない。学生たちは去る六月に受けたバカロレア試験の話、夏のバカンスの話、大学教員の古臭くてかわいそうになるほどの奇妙な身なりの話をしている。誰も最初の授業のつまらなさに腹を立てている様子はなかった。人が多すぎる。同じような人が多すぎて話しかける人を選べない。左にいるバッシュを履いたにきび面の男はそこまで感じ良さそうだろうか？　右にいるきれいにひげを剃った男、バルセロナでバカロレア合格をど派手に祝ったと話す男はどうだろう？

その後の数日間でオーレリーは必須選択科目を選び、事務局に登録用紙を提出するために何時間も並ばされた。A5の紙に大きく印刷された表に、彼女が申し込める素晴らしく多彩な授業が紹介されていた。ポルトガル文学、フランス語手話、映像分析、古代哲学、バドミントン、日本語の集中講座、情報処理、コミュニケーションとメディア、スペイン文明、音韻論、現代美術史、写真、バンド・デシネ（フランス語圏の漫画。フルカラーで大判のものが多い）の批評研究。選択科目群《UE》の登録はプレハブの仮設事務所で行われ、紐付きの眼鏡をかけた三人の秘書が、疲れから長いため息を吐きながら書類に判を押していた。

＊＊＊

大学生活の初めの一ヵ月が過ぎた。関節液の滲出にも似た、長く苦しい一ヵ月だった。オーレリーは毎朝フォンテーヌの家を出て、路面電車でグルノーブルの街を端から端まで横切る。B線への乗り換えは、サン＝ブリュノ駅からユベール・デュブドゥー駅までの間のどの駅でも可能だ。移動時間は果てしなく長い。オーレリーは一人で通学し、講堂で席に着くと、やはり一人で過ごす。学生同士の類似性はすでにそれぞれが知るところとなり、いくつかのグループができていたが、オーレリーは誰に対しても無関心で、いかなる形の社会的交流にも不向きだった。頭の中で旅をし、将来の職業を夢見ようとしても、急に身震いとひどい孤独感に襲われて現実に引き戻され、自分という存在全体がぐらついてしまう。これは教員たちのバイタリティーの欠如が原因だろうか。小学校の大きなクラスのように、前方の学生から後方の学生へと小声で何度も送られる静かにしろという注意が原因だろうか。常に閉まっている各事務所、講堂の寒々としたコンクリートの廊下、キャンパスに設置された現代アートのいびつな構造物、彼女が考える知的な生活と凡庸な現実との間の耐えがたいギャップが原因だろうか。思春期を通してしばしば思い描いていたのは、ファイルを小脇に抱えて毎日の午後と週末を勉強に費やし、エリートのみに許されたカリキュラムを優秀な成績でこなして、軽々とそして謙虚に社会の階段を頂上まで登り、家族の誇りとなる自分の姿だった。だが残念、実際の生活は凄まじく退屈だった。

オーレリーは思春期、性欲をもてあます愚かなこの時期を、バカロレア試験が始まる前から追試の話をするような陰鬱で無気力な教師たちばかりの高校で過ごし、旅と出会いに満ちた忘れられないキャンパスライフを思い描くことで耐え抜いた。これが平均的な西欧人の黄金時代である、十八歳から二十五歳までの時期について聞かされてきたことなのだ。しかし待ちに待った成人となり、投票権とデビットカードを手に入れても、彼女の生活は子供時代と変わらない。どんどん取らなくなる授業のノート、そのつまらなさでこちらが参ってしまうような宿題を入れたリュックを背負って家に帰る。すべては本質よりも形の上に成り立っていて、当初は学問に捧げられていた空間は実用的な手段に侵略されていた。法学はカリキュラムにおける比重の低い数時間の授業を通して、そのギリシャ・ラテン起源と社会的な争点に漠然と触れられるだけで、さながら会得し、適用すべき巨大なマニュアルのようだった。第二課程（修了すると日本の修士に相当する学位が得られる）の優秀な学生は、モーパッサンとゾラを読まされてきたカトリック系私立校の出身者たちだ。彼らの政治的意見に目立つものはほとんどなく、その発言も人間もいくらでも交換可能なものだった。

オーレリーは常にフランスの下層に分類される地域の公立校に通ってきた。ピエール・ペレの歌『リリー』[*1]をそらで覚え、ダニエル・ペナック、『シャアバの子供』[*2]、アンネ・フランクの『アンネの日記』を読み、人種差別に反対してアラビア語とウォロフ語で歌い、がん患者の支援活動のために走り回った。高校の最終学年に上がると、エイズと闘うために下級生にコンドームを配り、さらにはアナルセックス、フェラチオ、ドラッグの静脈注射に関するリスクを語った。ゴミの分類のスペシャリストでもあり、市議会および県議会、さらには地域圏議会議員たちの任期、それから被選挙権が得られる下限年齢を把握していた。大学には高校時代と同じような平凡な人しかいなかった。国民教育省をもってしても挽回しえない出来の悪い生徒の選別は、第三学年（日本の中学校の最終学年に相当する）の終わりに行われていたのだ。国はフランスの主要産業である手工業を奨励していたが、公立校の教師たちにとって職業教育は劣等分子を捨てる学問上のゴミ処分場も同然だった。その結果、ここ数年こういった劣等生たちから逃れ、いい環境で職業適正証《CAP》を取得できる私立校が隆盛を極めている。

大学の同級生たちは優秀でも出来が悪いわけでもなく、平均的な知的能力を持ち、十点から十一点で試験に合格することができた。[*3] 人よりもほんの少し知的好奇心を持つ者は誰であろうと〝インテリ〟と揶揄され、何かにつけて非難される。皆大して苦労もせず、かといって楽をすることもなくバカロレアに合格していた。大学一年生の集団の中には特別な才能も創造性も見当たらなかった。芸術は利益を生む場合にのみその価値を認められる。カラオケで美声を披露しても、テレビの歌唱コンテストで優

＊1　一九七七年に発表されたシャンソンで、反人種差別を訴える楽曲として知られている。
＊2　アズーズ・ベガーグ著。かつてリヨンに存在したスラム街〈シャアバ〉に暮らしたアルジェリア出身の著者の自伝的小説。
＊3　フランスでは基本的に二十点満点で、十点が合格ラインとされている。

勝しなければ笑われるだけだ。もしマリア・カラスが路上で歌っていたら、雇用センターの舞台関係部門に登録させられて、参入有期雇用契約*に基づき週に十五時間、郊外の街で合唱団の指導をしていたことだろう。

同級生たちの名前はジェレミー、ヨアン、ジュリー、オードレー、オーレリー、バンジャマン、エミリー、エロディー、トマ、ケヴィン、シャルロット、末尾がyのジェレミー、もしくはh付きのヨアン（ヨアンのスペルにはYoannとYohannの二通りがある）。全員が同じスタイルの服を着ているか、同じような許容範囲内の奇抜さを持っていた。ドレッドヘア、ピアス、サルエルパンツ、髪の毛に編み込んだカラフルなスカーフ、一九九〇年代に人気を博したストリートシンガーが被っていたようなベレー帽。誰もがばかげた政治的・社会的な色眼鏡を通してオーレリーに音楽や映画の話をしてくるか、そうでなければ最新作のフランス語吹き替え版を勧めてくる。いやな人たちではないが、まったく面白みがなく、お気に入りの話題といえば過去の酒がらみの武勇伝か、これからの酩酊騒ぎのこと。そこに時折、ヒトラーやサルコジについてのまるで洗練されていない政治的アレゴリーが加わる。

学校教育そしてその後の大学教育のシステムは、平均的な能力を持つ人々の台頭を促すものであり、超優秀もしくは完全に無能な人々を犠牲にする。無能な人は何もできないし、超優秀な人は既存システムとその決まりに疑問を投げかけるリスクがあるからだ。凡庸な人間には有用で実践的な知識を備えることを期待できるが、それでそのイデオロギー的基盤の分析ができるわけではない。こういった人間は上級《B》技術《T》者免状《S》から修士号までの高等教育を受けた後に、経営や事業の専門家になる。そしてパワーポイントの技とマネージメントの専門用語を駆使して、自分が学んでこなかった仕事の実務面についてはヒエラルキーの下層部に大きく頼るのだ。大学で受ける教育の無益さについて語るのはタブーだ。リンチに遭う危険はほとんどなくとも、理解されないリスクは常にある。

隣に座る学生は毎日変わるが、オーレリーを認識する人はいなかった。皆の注目を

＊　社会的に排除された人々を労働に従事させながら社会復帰を支援する制度。

集めたり、毎週木曜に行われる同級生たちの大きなパーティーに自然に誘われたりするには、何かしらの魅力が足りないのだろう。フライヤーによれば、パーティーの会場はナイトクラブ〈ル・フェニックス〉、入場料は十ユーロでワンドリンク付き。パーティーの写真には、シリコンで各部位を膨らませ、ストレートヘアを胸の下まで垂らした尻軽女が必ず写っている。安売りされているポルノ映画で見るようなスタイルで整えられた長い髪の毛は、看護師や女版サンタクロースなど、その夜のテーマに沿ったコスチュームの大胆なデコルテを三分の一ほど隠すだけだ。フライヤーのモデルはミニスカートから日焼けクリームでオレンジ色に染まった細い太ももを出していて、ヘソのあたりにフォトショップで小さな光が足されていた。目の周りはやたらと黒く塗られ、口紅はパール入り。マニキュアを塗った人差し指を輝く白い歯で噛んでいた。

＊＊＊

オーレリーはこの種のパーティーに何度か一人で赴こうとしたことがある。人と出会い、友達を作ろうと考えたのだ。ローヒールの合皮製ウエスタン風ショートブーツ、膝下まで届くローウエストの古臭いデニムスカート、透けない黒タイツ、胸よりも腹部を強調するタイトなコットンのトップス、まるで引き立たない胸元、母親が整えてくれた髪の毛。そんな姿の自分がばからしかった。母親は自分の子が突然プロムに参加することになったかのように、感激して娘に化粧を施した。市役所での仕事のあと、帰宅してから見るテレビドラマの影響だ。

オーレリーは毎回バスを使って、耳をつんざくような騒音が鳴り響くナイトクラブに向かった。アシッド・テクノのリズムは不規則で、歌詞は一つのフレーズに集約されており、〝セックス〟という言葉がしつこく繰り返されていた。青い照明で照らされた空間を緑のビームが切り裂くと、体が魅力的に浮き上がり、誰もがセクシーに見える。若い男たちはテーブルに座り、なかなか踊ることもできず、黙って酒を飲むことを強いられていた。騒音のせいで同じ不幸を分かち合う仲間と会話することもできない。女たちはあまりにしつこい男たちを押しのけながら身をくねらせて踊っていた。パーティーには異様な獣じみた雰囲気が漂い、まるで統率のとれない巨大な求愛行動の巣窟のようだった。

朝六時を待ってその場を立ち去るのが常だった。オーレリーは場に合わない自分の身なりにひたすら居心地の悪さを感じながら、誰に話しかけることもなかった。顔は悪くても露出の多い女の子たちは美人と同じように成功していること、男たちは猛禽類と変わらないことを認め、人に見られるのが耐えがたいこと、一方であまり見てもらえなくて傷ついていることを自覚しながら朝一番のバスに乗り、両膝をぴったりとつけ、分厚いダウンコートの前をしっかりと閉めて腕を組む。そして一日中眠って過ごす。週末は疲れるし、無益だった。

オーレリーは間違いなく、いかにも労働者階級の人間らしい風采をしていて、遠目からでもそれが分かった。天井にモールディングが施され、床はヴェルサイユ風の寄木張りでできたアパルトマンや、歯科医や与党の県議会議員の息子の家なんかには招待されようもない。お気楽さが何より重視される文化において、彼女はあまりに内気で思慮深く、どこにいても居心地が悪かった。しかし誰といても心からリラックスできない一方で、人からの期待に応え、社会的なゲームに喜んで参加したいという気持ちは非常に強かった。説明の一部を聞き逃したような、自分抜きで物事が進んでいるような感覚を抱いていたが、それについて悲しむことは一切なく、むしろ苛立ちと当惑を感じていた。

ある日ナイトクラブを出ると、とあるグループがオーレリーを送っていくと申し出た。運転席の男は比較的しらふで、運転は滑らかかつ最低限コントロールされていた。オーレリーは後部座席に座り、両隣を黒いミニスカートに網タイツを合わせ、フェイクレザーのエナメルでできたハイヒールを履いた女二人に挟まれた。二人とも東欧のポップス歌手みたいで、非常に魅力的だった。髪の毛からはわずかにゲロのにおいがした。うるさいいびきが響き、よだれの泡が唇の上ではじける。化粧は崩れ、顔の半分に黒いマスカラの跡が伸びていた。

「今日が初めて？」まだダンスホールにいるかのように運転席の男が大声でがなり立てた。

「いや、前にも来たことはあるけど……」

「楽しいだろ？」

「音楽がいまいち好きじゃなくて」

「ああ、確かに超メジャーだけどさ、楽しいよな！」

そして運転手はラジオをつけた。彼はどの歌もそらで歌えた。そしてデヴィッド・ゲッタ（世界的に知られるフランス人ＤＪ）の曲に合わせ、ダッシュボードに置かれたプラスチック製の犬の首ふり人形と同じリズムで頭を揺らした。オーレリーにどこで降りたいかと三回は聞いてきたが、答えを最後まで聞くことはついぞ一度もなかった。彼女は夜更かしした子供のように穏やかに眠る両隣の女に目をやった。この二人は運転している男の家に連れていかれて、起きた時には何も覚えていないのだろう。そしてはじけた楽しい夜を過ごしたと思うのだ。オーレリーの中の何か、恥じらいとも嫌悪ともつかない何かが、こういった楽で気負わない生活を送る女の子たちのように振る舞うことを邪魔していた。彼女は宗教的な束縛を何ら受けることなく育った。母親と一緒に映画を見ている時にラブシーンが始まっても目を手で覆われることはなかったし、セックスについて親と自由に話すことだってできたはずだ。両親はオープンな心の持ち主だったのだから。オーレリーには何かしらの心理的ブロック、目立ちたくないという気持ち、友情にせよ自分の尻にせよ、簡単に他人にすべてを与えたくないという強い願望があった。行き詰まっていたわけではない。突然すべてが非常に複雑になってしまったように思えたのだ。一般的な傾向として、誰も人の話など聞いていない。誰に話そうと答えはまったく同じだ。「ああ、なるほど」と「へえ、最高!」。とにかく皆パーティーのことで頭がいっぱいだったが、そこには特別な理由も、見て取れる満足感もなかった。人に囲まれ、友人を持ち、飲んで、笑って、それを外に知らせなければならない。学生生活は社会的な充実感の競い合いだ。

3

制度史の授業はさながら公民教育の改良版のようだ。授業で扱う本は読み進むにはあまりにつまらなくて、オーレリーはもう講義のノートを取ることもできなくなっていた。講堂はすでに四分の一が空席だった。留年組は、前期の試験のあとは空席の数が倍に増えるだろうと予想していた。彼らだって最初の数週間はやる気があったのに留年したのだ。一戸建て住宅かロフトに住み、事務職に就いて、汚れひとつない白いシャツを着る未来を約束するいい学位を取得しようと思っていた。しかしこの〝フランスの夢〟を実現しようとすれば、青春時代の多くの時間を異常なほどに細かくつまらないことやアルバイトのために犠牲にしなければならない。法文を読む訓練をし、事件や紛争の解決を試み、相続法の基礎を理解し、論文執筆の決まりを遵守することを学び、自分の思考を調整し、法に基づいて善し悪しを判断し、難解きわまるラテン語の用語を聞いて、自分が持ち合わせない文化的レファレンスを受け入れる。結局のところ、オーレリーはたいしたことを知らなかった。終わりのない高等教育によって身動きがとれなくなる数年間は、彼女が持たない多額の資金を必要とする。奨学金だけでは親元を離れることはできなかった。

オーレリーの両親は当初、三人の子供の中で最も勤勉だった娘のキャリアの第一歩を応援しようと力を注いでいたが、やがて娘に質問をすることもなくなり、好きにさせるようになった。バカロレア合格まであと押しするのは良かったが、娘が話す大学の単位については何も理解できなかったし、L1（学士課程一年目に相当する）がどうとか言われてもLV1（第一外国語のこと）と混同してしまう。彼らはそれまで親としての義務をきちんと果たしてきたので、もう娘の学問的な進路を気にかけることはなくなっていた。

オーレリーは両親に嘘をついて、自分には深いモチベーションがあるのだと信じさせることに苦心していた。もう何の願望もなく、何の見通しも持てず、何にも喜びを感じられずにいたのだ。要するに彼女は中学高校時代よりも遥かに退屈しており、その状況は羨まれるようなものではなかった。卒業までは愛すべき、しかし機転の利かない両親の家から身動きできない。国立大学のシステムの壁に痛ましいほどにぶつかっていた。少なくとも五年は大学で勉強せねば*どんな職業も検討すらできないし、グランゼコールに行くための準備学級は選択肢にないし、私立のいい学校に行くための資金もない。バカロレアに合格したすべての大学入学資格者が高等教育に進めるといっても、高等教育の名に値する学業に真に励むことができるのはほんの一握りの人々だけだ。大多数のフランスの若者にとって大学進学は最初から決まっている選択肢であり、失業率が爆発的に上がらないよう、彼らはそこに閉じ込められる。現実には、機会の平等とは、うさぎと亀がスタートラインでは同じチャンスを持っている、と言っているにすぎない。

　よってオーレリーは二十三歳まではフォンテーヌに留まらねばならない。これまではその年にもなれば、少なくとも一度は一つの大陸を徒歩で踏破し、カップルで暮らし、子供の名前を選び、永遠の思春期のように生きるのをやめているだろうと思っていた。二十三歳までにはプラハを旅し、地元紙に寄稿を始め、持続可能な開発についてのコンサルティング企業もしくはニュース専門チャンネルで研修を始めていたかった。要するに大人の生活を送りたいのだが、社会システムの流砂にはまって身動きが取れなくなっており、そこから引き上げてくれる人は誰もいないように思えた。人生で最も美しい時期だと教えられた年頃で時が止まってしまった。オーレリーは将来のエリート層にも、次世代の政治家グループにも属していない。未来にも現在にも居場所がなかった。

高校卒業から仕事の世界へと移行するこの五年間の段取りには、業務で忙殺されている大学の講師や教授に多大な創意工夫と才能を要求する。入学から今までオーレリーは実際には何も学んでないし、何も経験していなかった。彼女の時間割には週に二時間、〝一般教養〟の授業に当てられる時間があった。これは一種の教育ワークショ

＊　日本の修士号に相当するマスターを取得するのに最低五年かかる。

ップのようなもので、抗不安薬が効いているファブリス・ルキーニ（フランスの俳優。独特な存在感で知られる）という形容がぴったりの講師が司会を務めていた。オーレリーは自分自身のプライドに苦しんでいた。たいした苦労もせずにバカロレアに優の成績で合格したこと、祖父母たちの誰もが夢にも思わなかったような教育レベルにいるというのに、いまだにローマ帝国の歴史のうち二十年分も、ラ・フォンテーヌの寓話の一つも知らないということを痛いほどに自覚した。主婦、そして後に家政婦や食堂係として働いた祖母は、カペー朝の家系図をそらで言えるというのに。オーレリーは優先市街地化地区《ZUP》*にある中学校の優等生だったし、レクスプレス誌が発表する全国の高校ランキングには縁のない高校で、クラスで一番の成績を誇った。彼女には特別なものは何もない。見た目も、才能も、何の特徴もなかった。

オーレリーは自分の意思とは無関係ながら、行政職員と法学博士たちを食わせている見返りに、月三百ユーロの奨学金を受け取っていた。無計画に二十ユーロごと引き出されては浪費される金だ。おかげで路面電車の大学図書館駅近くにあるファーストフード店〈ル・カミオン〉で解凍された菓子パンやサンドイッチを買うことができた。

オーレリーは新たな生活のサイクルになかなか慣れることができないでいた。つまらない言葉やいい情報をやり取りするような人との接触は一切なく、知り合いと呼べる相手もまったくいなかった。中学高校における社会化は自然なもので、言ってみれば押しつけられてもいた。しかし大学の教室で常に同じ場所に座るように努力しても、長椅子の隣に同じ人が座ることは一度たりともない。大学生活の始まりは絶対的な孤独感と猛烈な退屈さに満ちていて、朝になると骨が凍てつくように感じられる。彼女は目に見えて太っていった。

＊＊＊

秋が冬に場所を譲り、グルノーブルのプラタナスは忌まわしい死の色、あの茶色がかった緑へと色を変え、街を気だるさと疲労感の中に引きずりこんでいった。空気は湿っていて冷たく、人々は歩みを速め、ビタミンの錠剤を買い求める。クリスマス休

＊　戦後の住宅不足を解消するために一九五八年にＺｕｐを指定する法律が成立。大都市周辺に大規模な団地が作られた。一九六〇年代に建設されたものが多く、老朽化が進み、貧困層が増え、問題地区とされることが多い。

暇が近づき、ショーウィンドーは弱々しいランプや色とりどりのガーランドで飾りつけられ、ショッピングセンターの中央通路の真ん中には人形やプラスチック製のおもちゃが山のように置かれていた。興奮で疲れ果て、動けなくなった子供たちは、サンタクロースがおもちゃでいっぱいの袋を背負ってフィンランドを出発し、カルフール（全国に展開するフランスの大型スーパーマーケット）の中央通路に登場するのを待っていた。

オーレリーはホットワインを飲み、チョコレートバーを食べて午後を過ごすのを日課にしていた。父と母と一緒に人生で最も美しい時期を過ごそうなど、つゆほども思っていない。スポンジに垂らす食器用洗剤の適切な量のこと、亀頭を石鹸で洗う間は水道を止めること、いつも同じ場所にテレビのリモコンを置くことについての喧嘩を毎週聞かされるのはごめんだ。彼女は日常的に未来の弁護士や法律家と接しているから分かるのだが、こういう職業に就く人には特有の人物像、遺伝子型がある。

両親には経済的余裕がなく、車の保険、上がり続ける家賃、近所のハードディスカウントストアでの買い物についての会話から遠く離れた場所で、娘に成長する機会を与えることができなかった。オーレリーは毎週日曜、缶詰のフラジョレ豆（フランスでは一般的に食べられているインゲン豆の一種）を民法テレビ局TF1のニュース番組《JT》を見ながら食べる。こうして壁にカーキ色もしくは茶色のカーペットが張られた教室に行って、長々しい道路交通法の授業を受けるだけのエネルギーをかろうじて得ていた。自動車教習所のモラール所長*は愚鈍で風刺画に登場しそうな男だ。すべての成人に受験資格があり、自分が取得できる唯一の免状、運転免許証のために、熱心になって運転が上達したタイプだ。数カ月にわたるトレーニングのあと、オーレリーは一発で道路交通法の試験に合格した。二十時間の技能教習は使いきってしまい、奨学金のほとんどがマフィア並みの料金を取られる追加教習に費やされた。法学の学位も運転免許証も同じくらいどうでもよくなっていた。ちょっとした手続きをしようとするだけで吐き気がする。最終的に待ち受けているのは税の強制徴収、煩わしい書類の数々、制限速度の遵守についての説教、もしくは行政関係書式登記校閲センター《Cerfa》（車に関連する各種登録等を担う機関）に書類を送る期限を守ることだけだ。

＊　モラールはフランス語で〝たん〟〝つば〟を意味する単語でもある。

旅行会社のウィンドーの前を通ると、オーレリーは胸が締めつけられることがある。タンタンやアレクサンドル・デュマを読んで育ったのに、今ではモラノ[*1]のような凡庸な女になることを期待されている。冒険や意外性への情熱は、極端な計画性、翌日への不安に取って代わられ、ロードトリップは安全運転講習のために姿を消した。交通安全評議会のテレビCMには首の骨が折れた悲惨な運命の子供たちがたくさん登場し、今や性のパートナーの病歴を知らずしてセックスをすることは許されない。生活のどんな小さな側面も契約によって規定され、深い諦めが支配しているようだ。とにかく何よりも安全が優先され、国がタバコの害から守ろうとした国民の肺は、落胆と倦怠感で満たされていた。

4

グルノーブルの公共交通機関網Ｓｅｍｉｔａｇの路面電車A線に乗ると、灰色の光景が広がる地区に着く。古びて汚れた外壁の建物が立ち並び、各建物には花の名前が付けられている。バルコニーには住民の数とほぼ同じくらいの数のパラボラアンテナと干されたバスマットが確認できる。近所の台所から漂ってくるのはにんにく、玉ねぎ、トマト、それから揚げた魚のいやなにおいだ。ケバブの油っぽい香りと共に、Raï'n'B[*2]の歌、逆さ言葉と古いアラビア語の悪態が入り乱れた激しい口論が聞こえて

＊1 政治家のナディーヌ・モラノ。しばしば右派のポピュリストとして評される。

くる。犬が多い。顎ひげを長く伸ばし、服は北アフリカのジェラバ、足元はナイキエアのスニーカーといったいでたちの数人の男たちが、キャップを被り、ジョガーパンツの裾を上げて足首を出した若造と握手を交わす。それからそれぞれが胸に手を置き、互いの家族によろしく伝えてくれと言う。この郊外の地区、潜在的にデリケートな地区に、一九九〇年八月二十七日に公立病院で誕生したオーレリーが生後三日でやってきた。彼女は兄バンジャマンの三年後、弟フロリアンの三年前に生まれた。出産は計画的で、上の子が幼稚園に入る年に下の子が生まれるように綿密に計算されていた。一家の家はやや古めかしい四部屋のアパートで、浴室には花柄の壁紙、非常に手狭な台所にはオレンジのタイルが貼られている。スペースを節約するため食料品はオーブンの中にしまい、年に二回は鍵が壊される地下倉庫の代わりに、屋根付きのベランダを改造して物置として使っていた。夜遅くに帰宅することはできないし、男たちは常に二人で出かける。こうした細かい点を除けば、この地区は静かだし、住民たちは皆笑顔で、投票日の夜であろうとサッカーの重要な試合の日であろうと、オーレリーの両親の車が何かしらの被害を受けたことはない。ここはまさしくフランスの下層部、灰色の郊外ではあるが、さほどひどい状況でもない。

クリスティーヌ・ルジュンヌ、旧姓マンシーニは一九五九年生まれで、フォンテーヌ市の職員だ。何年も学校の食堂で代替職員として働いたあと、一九九六年についに清掃員として正式に雇用された。短くカットした白髪を在庫処分の店で売っている質の悪い染毛剤で隠そうとしているが、その色味はどぎつく、けばけばしい。クリスティーヌは七人きょうだいの三番目で、カラブリア地方の訛りを持つ父親と、細身の体に重たい胸を垂らしたブルゴーニュ出身の母親の元に生まれ、六部屋のアパートで育った。父親は労働者だった。長兄も労働者となり、二人の女きょうだいは簡単な秘書の資格を取った。あとの二人は長距離トラック運転手とマコネ地方にある市営ラグビークラブのコーチだ。一番下の弟は十七歳から労働者として働いていたが、三十八歳の時、白血病で死んだ。家族が揃うことはほとんどなかった。クリスティーヌは、大家族信仰はどこか逆行的で、何か致命的なものがあると感じていた。彼女の三番目の子供は、家族手当を最大限もらうため、そして何より上の二人のお相手として作られ

＊2　フランスで誕生したアルジェリアのライとR＆Bを融合させた音楽のジャンル。

た。自分はフェミニストであると宣言する一方で、妊娠中絶《IVG》は思春期の若者か、もしくは出産リスクの高い女性にのみ許されるのが好ましいと考えている。彼女自身、末っ子のフロリアンを出産した二年後に卵管結紮を受けた。クリスマスや新年は、毎年家族五人で祝うが、時折クリスティーヌの女きょうだいの一人、結婚せず、子供も持たなかったシルヴィーが参加することもある。

クリスティーヌがパトリック・ルジュンヌに出会ったのは二十四歳の時、エロー県（南フランスの県。県都はモンペリエ）のバカンスクラブでのことだ。彼はジャリ（グルノーブル地域圏の小さな村）にある塩素の製造工場で働く労働者だった。背が高く、褐色の髪の毛は早くも薄くなっていたが、下の中切歯が少し重なっていることを除けば完璧な笑顔の持ち主だった。控えめで礼儀正しく親切で、いい夫、いい父親になりそうだった。二人はすぐに付き合いだし、クリスティーヌはパトリックと暮らすために迷うことなくフォンテーヌに移り住んだ。恋愛関係のためにすべてを捨てるのは当然のことだった。彼女にとってキャリアプランが考慮すべき人生の要素になったことはなかったのだから。二人は一年間貯金をしてから結婚した。路面電車の線路が見えるコンクリートの市庁舎で手続きをしたあと、県道沿いの教会で結婚式を挙げた。食事とパーティーは少ない予算のわりに満足のいくものだった。労働者階級でも品位を保てた最後の時代だったのだ。彼らは新婚生活を満喫し、中古車を買い、三回出かけたバカンスのうち、一回は南イタリアを旅行した。一九八七年に長男のバンジャマンが生まれると、慣習に倣って洗礼を受けさせた。その後さらに二人の子供が生まれ、クリスティーヌの末の弟、父親、義理の両親が亡くなったことを除けば、大きな波乱もドラマもなく、日々が過ぎていった。

パトリック・ルジュンヌは一九五七年、ラ・トロンシュで生まれた。両親はイゼール県（グルノーブルを中心とする県。ラ・トロンシュも同県にある）の小さな村の出身だったが、時の流れで現在は広大な住宅地となっている。農民は年を追うごとに減少していった。パトリックの両親も農家兼うさぎの生産者だったが、グルノーブルで働き、現代社会の利点を享受しようと移住した。彼らは二人の子供を幼年で亡くしたあと、息子一人と娘二人を育てた。パトリックは二人の妹とはもう連絡を取っていない。彼は調理師の勉強をした後、十八歳でジャリの工場に就職した。三十歳になる年に最初の子供を授かったが、当時はそれが適齢であり、三十という年齢に思春期を脱した若者たちの時間的な自由や気まぐれを連想するのは不適当だった。パトリックは常に時間どおりに出勤し、休憩室に掲示された文書が指定する日程に沿って年次休暇を取り、ヴァール県（地中海に面した県で、マルセイユとニースの間に位置する）のキャンプ場をかなり前から予約し、柔道、水泳、フェンシング、ドラム、サッカーのレッスンに通う子供たちを迎えに行った。ユーモアのセンスはほとんどなく、一切の野心を持っていなかったが、それが良い意味で謙虚だと評価されていた。

そのようなカルマを抱えたオーレリー・ルジュンヌだから、最低賃金で働くまっとうな母親としての人生以外を想像できなくともおかしくなかった。機会平等などという共和制の神話は勘定に入れられていなかったのだ。しかし長年公教育を受けるうちに、オーレリーは内なる確信を抱くに至った。完璧かつ勤勉に課題をこなせば、輝かしいキャリアが待っている。ジャーナリスト、大学の教員、フランス大使は学位を取得すればなれるものであり、この学位の取得はそれ自体がたゆまぬ努力の証しであって、そこに学生の社会的出自は一切関係がないはずだ。バカロレア試験と並行して、オーレリーはエクス＝アン＝プロヴァンス、リヨン、グルノーブルの三つの政治学院が合同で行う入学試験を受けた。試験の結果、彼女が手にしたのはリヨンもしくはエクス＝アン＝プロヴァンスの学院に入学する選択肢だった。奨学金で地方学生・生徒《Cro》生活センター《us》が運営する学生寮の家賃を払うことはできただろうが、オーレリーの両親はそのほかの費用を賄うことができなかった。弟がジュール・ヴァレス中学校で恐喝の被害に遭ったあと私立の学校に転入していたし、さらには経済危機が父親の職を脅かしていて、勤務先の工場は間もなく中国への移転が予定されていた。

＊＊＊

政治学院の入学試験に合格したことは、オーレリーに言葉に尽くしがたい不満を残しただけだった。法律上、成人になるのは夏の終わりだったので、休み中に働くこともなかった。この年の夏休みは彼女の人生の中で最も長い二カ月となり、その間、絶えず不安と我慢できないほどの腹痛に襲われた。心の奥底でひしひしと感じた。思春期に思い描いた夢の大部分はすでに何の意味もなくなったのだ。そしてすべてを疑ってかかった。何年もの間執着してきた輝かしい自分の将来像がその筆頭だ。それから遺伝子に刻み込まれたとおりの暮らしを送ってきた両親の生き方を毛嫌いした。兄は勉強を一切せず、追試でバカロレアに合格していた。理論上、彼ら二人は同じ学位の保有者だ。

兄は奨学金で飲み歩くためにスペイン語学科に入学したが、酒に溺れた嘆かわしい一年を過ごしたあとに中退し、グルノーブル近郊のスポーツ用品店で販売員としてフルタイムで働き始めた。親友の一人と家をシェアし、両親に連絡するのは月に一度だけ。決まって日曜の夕方、土曜の夜の騒ぎから回復しきってからだ。SNSへの投稿にやたらと積極的で、毎週末、必ず大量の写真をアップする。巨大なプラスチックの眼鏡をかけたり、アフロのカツラを被ったり、化粧をしたりして、両脇に女の子を抱え、右手に一パイントの安い酒、左手にタバコか大麻を持って写真に写るその姿は、順応主義の体現そのものだ。

オーレリーは退屈から逃れるため、いわゆる〝国際的な学生〟に賭けてみた。中心街で一緒にコーヒーを飲んだ中国人女性の学生メンター（留学生の手助けをする学生のボランティア）になったり、到着したばかりの留学生向けに作られた資料を配ったり、ツギハギのエスペラント語でつまらない会話をしたり、学生寮でサッカーの試合を見たり、互いの言語を教え合う言語交換に参加したりした。努力して他者に近づこうとしたものの、結局収穫できたのは、当事者たちによって保たれる根強く固定された紋切り型のイメージだけだった。中国では一つ一つの街が非常に大きく、ブラジル人はパーティーが大好きで、スペイン人は夜が遅く、ドイツ人はフランス人よりも環境に気を遣う。より深い話をしようとしても、必ず失敗した。エラスムス計画（ヨーロッパの高等教育機関間の留学制度）で来ている一般的なヨーロッパの学生が自国についてフランス人以上によく知っていることはない。重要なのはただ一つ、一晩で飲むアルコールの量だけだった。

オーレリーはキャンパス内で行われるカンパ制の上映会や無料のライブにはすべて参加し、終電でフォンテーヌの自宅へ、一人で帰った。道中では、ビールの缶を倒したり、舌を出して自分たちの写真を撮ったり、ばからしいあだ名を付けたり、尻を叩いたりしながら大げさなジェスチャーで話す友人グループを観察した。話題はセックスのことばかりで、下品なばか笑い、悪趣味で攻撃的な冗談が飛び交い、わざとらしい上機嫌ぶりと、嬉しさを過剰に表現する様子にいつも居心地が悪くなった。

クラウディオに出会ったのはフェリーニの特集上映でのこと。三十代のイタリア人で、丸眼鏡をかけていてO脚で体つきはガリガリ、文学の博士課程の学生だ。オーレリーは母がイタリア人だから上映に来たということにした。母親の出身地を尋ねられ、こもったフランス語で〝カラーブル〟（イタリア・カラブリア州のフランス語での発音）と答えると、クラウディオは微笑んだ。おそらく単語の最後に〝a〟を加えてイタリア語を話している気になったり、内容はすべて理解できても簡単な答えのフレーズすら作れないフランス人とばかり話してきたのだろう。

クラウディオの唇は薄く、切歯はやたら長くて、顎に茶色い薄いひげを生やしていた。彼はベルルスコーニを毛嫌いし、ナンニ・モレッティを敬愛していた。ルイジ・テンコ（北イタリア出身のシンガーソングライター）の歌をそらで覚えていて、歩道で跳ねながら歌い、人生は美しく、はじけなければならないと繰り返す。路上で両腕を上げて、ダンテの『神曲』の韻文を朗唱するが、誰も彼に注意を払わない。滑稽なジャンプ、自分が唯一無二の存在であると納得させようと繰り返す努力の中に狂気を感じ、オーレリーはクラウディオのことを痛々しく思っていた。彼女は日がな一日、学生たちを観察していたが、クラウディオに関しては極端に痩せた体型と、〝ハンサムなイタリア人男〟のイメージを一人で崩してしまう見た目を除けば、何ら特別なものはないように感じられた。彼といてもイタリア語の単語は十も覚えなかった。ある夜、本を借りようと何も考えずにクラウディオの家に行くと、キスを迫られた。オーレリーは騙されたように感じ、自分が間抜けに思えた。突如自分の脆さ、個人の性生活を取り仕切る暗黙の了解についてまるで無知だったことを自覚したのだ。一日の終わりに腰を振ること自体はやぶさかではなかったが、クラウディオには彼女を惹きつける要素が何もなかった。その甲高い声にも、大げさなアクセントにも、アポロンの豊かな髪とはほど遠い、パーマをかけたみたいな巻き毛にも惹かれない。彼女は恥ずかしさで頰を赤く染め、震える声であなたとは寝たくないと告げた。

「ただキスしたかっただけだよ！」クラウディオは無罪を主張しようとする泥棒のように、胸に手を置いてそう誓い、「おれのせいじゃない。君があまりにきれいなせいさ」とたいした確信もなさげにもごもごと唱え、いやらしさでギラついた目で斜めにオーレリーを見た。彼女は、この人物は自尊心が傷つけられると愚かさと同時に悪意で行動に出る可能性があると直感し、欲求不満を抱えたこの男の欺瞞が哀れで恐ろしくなった。わざわざ何度も、一晩中この娘を連れ回ったのに、彼女の中で射精もできないなんて！　高校三年生以降、小脳で錆びついていた詩を暗唱し、身ぶり手ぶりを交えて話し、壁にマンドリンが飾られた安いリストランテでまずいアンティパストを奢ってきた。彼女をベッドに引き込む権利の対価を払っていたのだ。この理屈は明確であり、反論の余地はなかった。クラウディオの態度は瞬く間に不快なものになった。

「本のためにここに来るわけじゃないと分かってただろ。ぐずぐずするな。来いよ」

クラウディオは口を尖らせてオーレリーに近づき、乾いた両手で彼女の手首を摑んだ。オーレリーはまだまだ自分の体を使って発見すべきことがあると知っていたし、その喜び、最後に残された無償の喜びの一つを体験したいとは思っていた。気前良く振る舞いたかったし、恐れずに脚を開き、物欲しげに口を開きたかった。彼女が求めていたのは快楽ではなく自信だったのだが、自信を見つけるほうが遥かに難しい。オーレリーは自分の意に反して、それも床の上で、短くて惨めな性交に付き合わされ、焼けるような恥辱と嫌悪感がその胸に残った。

＊＊＊

数週間大学生活を送った後、オーレリーはアルバイトを見つけようと決心した。手始めにローラースケートを履いて街でチラシを配る仕事に就いた。同様に朝六時半から路面電車の駅で無料新聞も配布した。求人に応募するには志望動機書が必須だった。お金のためだけに応募するとは書けないから、難しい課題だ。よって、〝顧客サービス〟〝高い質をお約束〟〝私にチャンスをいただければ〟など、仕事の世界によくある決まり文句を組み立てる技術を実践する必要があった。そして雇用センターのホームページを通して清掃スタッフの仕事に応募した。応募する時、母親のことを考え、ずっと嫌ってきたゾラの決定論を自ら肯定するかのようなおぞましい感覚を覚えた。もう本は読んでいなかった。

　アレハンドロと出会った時、オーレリーはマイクロファイバーのタオルを手に持ち、彼はバケツ、雑巾、除菌ワイパーを積んだカートを押していて、手にはサイズの合わない黒いラテックスの手袋をはめていた。アレハンドロは作業をしながら音楽を聴いていたものの、鼻歌を歌うことはなく、唇も動かず、足でリズムを取ることも、指を動かしてビートを刻むこともなく、完全に無表情だった。オーレリーは兄のお古のフード付きスウェットを着て、髪は低い位置で古臭いポニーテールにしていた。首と頬に常にある小さいにきびを見れば、質の低い食事を摂っていることが分かる。さらに濡れると劣化するゴテゴテした指輪のせいで、指の関節が青く染まっていた。とはいえ父親からグリーンの目を引き継いでおり、そのアーモンド形の瞳が顔にちょっとした特徴を与えていた。アレハンドロの身長は彼女とさほど変わらず、その顔立ちは歴史映画の十三分目あたりで征服者《コンキスタドール》に銃殺される役者を連想させた。解明するのが難しい偶然の連続により、彼らは同じ時、同じ場所に行き着いたのだった。

5

清掃スタッフに指示を出すマネージャーのマリカは、大げさな言葉を使うのをためらわず、自信たっぷりな態度で一文に一つは文法の間違いを犯すようなタイプの人間だ。売春宿のおかみよろしく寮の中を飛び回り、口をすぼませながら清掃済みの箇所を完璧なフレンチネイルを施した指でなぞって、タイルの清掃の具合や、洗面台の消毒を確認する。

「水回りを掃除して、バストイレスペースの清掃チェックシートに記入した？」「遅刻するってことは、ここで働けるのがラッキーだって知らない証拠だね」

市場の魚屋もしくは北アフリカ版アルレッティ*とでもいうようなマリカの自前の声色が出てくるのは、毎朝学生寮の洗面所に落ちている隠毛を拾い集めて一日を始めることの特権をスタッフに思い出させたい時だ。人生で初めて自分に責任を授けてくれたこの役割に対する誇りとその重要性で、彼女のプライドは膨れ上がっていた。プロ意識、起業家精神、仕事への献身性について講釈を垂れることを異常に愛しており、あたかも個人の偉大さは時給七ユーロ七十サンチームの仕事にどれだけ真剣に取り組めるかで決まるとでも言いたげだった。太もも上部のセルライトが浮き出て見えるくらいきつい黒いアクリル製のズボンを愛用していて、下着の線が浮き出るのを避けるためにTバックしか穿かないであろうことが察せられる。足元は先の尖ったパイソン柄のパンプス、手首には巨大なGuess（アメリカのカジュアルブランド）の腕時計。自分の稼ぎで買える〝高級ブランド〟、フランスのR&Bのビデオクリップで見るような悪趣味でけばけばしい贅沢品を見せびらかしていた。ポリエステル製の黒いブレザーを羽織り、分厚い黒髪をヘアアイロンで伸ばしていて、その傷んだ毛先が真っ直ぐに肩に落ちている。マリカは、彼女のスタッフたちにベストを求めるため、自分の人生や経験を話すのが好きだったが、実際のところは、活力にあふれた零細企業《TPE》という錯覚を顧客に与えたいがために経営者が現場の監督に配置した元掃除婦にすぎない。彼女は争いごとを解決するのが好きで、外交術に長けていた。短い首を偽のブランド品のスカーフで隠しているが、毎朝オーレリーが見るたびに違うスカーフを巻いている。マリカが現れると、アレハンドロが途端にイライラするのが見て取れた。彼の目が、オーレリーが注目していた細部を凝視するのが分かる。オーレリーはアレハンドロのことを鋭い観察力を持つ目立たない男だと思っていた。

　ある日、アレハンドロはキャンパスでオーレリーを見かけ、家に誘った。彼女が裏のない笑顔を浮かべてためらうことなく誘いに応じると、アレハンドロはその乗り気な様子に少々面食らった。婚前交渉のための駆け引きにおいては、難色を示す女や、丁寧かつ執着のなさを装ったメッセージを受信したいがために、巧妙に拒絶の態度を

＊　一九三〇年代から六〇年代まで活躍したフランスの女優。人情味あふれる下町を描いた映画に多く出演。代表作に『北ホテル』、『天井桟敷の人々』など。

取る女たちに慣れていたのだ。キスなんてしたくもない相手にキスするために、何杯ものビールを奢らなければならないのが常だった。ぽっちゃりしているわりに尻が目立たないこの娘にはだいぶ前から惹かれていた。アルバイト先に着いても誰にも挨拶のキスをしないところがよかった。口で気持ち悪い音を立てながら赤の他人の頬に自分の頬を擦りつけるというこのフランスの習慣が大嫌いだったのだ。バスや路面電車の中でオーレリーが膝の下に手を挟み、通り過ぎるものすべてを眺める姿を何度も見かけていた。彼女はいつもすっぴんで、スペイン語は一言も話せないと認めていた。

オーレリーはいつもよりやや着飾り、多少ましなシルエットではあるものの、すり切れたジーンズを穿いてやって来た。わずかにX脚で太ももが張っているので、ズボンがすぐに傷むのだろう。トップスは黒いVネックだ。肌は乳白色で、胸の間にあるほくろを除けばしみひとつない。ディスカウントストアかスーパーで売っていそうなやたらと甘い香りの香水をつけていたが、比較的心地のいいものだった。アレハンドロはオーレリーを一人家に残して、ケバブを買いに出かけた。その間、彼女は部屋にある棚を眺めた。前の所有者たちによってページが折られ、メモが書き込まれた古本がぎっしりと詰まっている。初めて見る作家の名前がいくつかあった。コルタサル、ボルヘス、バジェホ、ベネデッティ。スペイン語版の『ムーン・パレス』、『ペスト』、それからバンド・デシネの『ラビの猫』（フランス国内で大人気のシリーズ）も一冊あった。家具らしい家具はなく、あるのは床に直接置かれたマットレスとそれを覆う垢じみたシーツ、へたった枕くらいだ。イケアで購入したと思われる段ボール製のサイドテーブルの上に、青リンゴ色のパソコンが置かれている。パソコンには革命を想起させるスペイン語のスローガンが書かれたステッカーが貼られていた。部屋の反対側はキッチンエリアのようだ。パンくずだらけのフォーマイカ（一九五〇～六〇年代に流行したメラミン化粧板の一種、商標）製の小さなテーブルがあって、汚れたままの食器が放置されている。椅子は一脚だけだ。オーレリーはこのやや古びた空間でくつろぎを感じていた。アレハンドロはホワイトソースがたっぷりとかけられた玉ねぎ抜きのケバブと、甘ったるい真っ赤なケチャップの中に浸かったフライドポテトを買って帰ってきた。

二人はほとんど話さなかったが、重要なことは別だ。アレハンドロは、オーレリーが学生生活の中で感じる孤独、授業中の気だるさ、両親に見捨てられたように感じること、何の連絡もくれなくなった高校の同級生たちのことを初めて話した相手となった。そして家族とのズレが大きくなっていることを感じているものの、今の環境から逃げ出すための知的な手段もお金もないのだと彼に告白した。

「うちの親《メ・ヴュー》の家の玄関にね……親のこと〝年寄り《ヴュー》〟って言うの、分かる？　白い下駄箱があるの。ビュットかコンフォラマ（どちらも家具および家電の量販店）で十ユーロか二十ユーロで買ったやつ。それを買うのに母さんが店員を質問攻めにしたんだよ。何世代もが受け継いで使うナラ材の食器棚でも買うみたいに。店員が〝おれ、ここで何やってんだろ〟って思ってるのが見て分かった。私も思ったもん。一体何をしたらこんなプラスチックの家具が並んだ倉庫で主婦のたわごとを聞くはめになるんだろうってね。母さんのあの力の入れようったら。見たら驚くよ。靴を何足か持ってくるべきだったなんて父さんに言ったんだよ。上の段にフラットシューズを何足詰め込めるか、バッシュのにおいをどう抑えればいいか考えるためだって。で、解決策はこうよ。芳香剤を下駄箱の上に置いて、取っ手を毎日消毒するの。ラベンダーや海の香りがすることもあるけど、合成香料で足の悪臭がごまかせるわけないでしょ。においが混ざって気持ち悪いったら……。母さんがものを買う時は〝安さ〟が決め手なわけ。安く買えると嬉しいの。こういう貧乏人の間抜けなロジックで言えば、母さんは常に自分の喜びのために買い物をしてるってことになるよね。でもそうすると、二月にプラスチックのサンダルを買っちゃうし、宴会でもしなきゃ消費できない量の賞味期限間近のシーフードピザとか、三十パック入りのカニカマを箱で買っちゃうのよ。母さんがこだわる清潔感とか〝実用性〟って本当に謎。家のことは完璧に切り盛りしてるし、不自由を感じたことはないよ。でもまるで次に何を買うかで人生が決まるっていうか、まずいインスタントのコーヒーを飲みに来た同僚が家のインテリアについて何を言うかで何もかもが左右されるって感じ。母さんと話してると、まるで路面電車や会計待ちの列で一緒になるおばあさんと礼儀で交わす会話みたいだって感じることがある。猫は糞のにおいが嫌いだから飼いたくないし、ラクレットもにおいがキツいから作らない。友達や親戚を家族で招くことはないの。テーブルを広げないといけなくて、それが面倒だから。私、自分の友達をうちに呼んだこともないんだよ。母さんはとにかくあらゆることで説明できないほど神経質になるから……。父さんは分かりやすくて、物を言わないんだよね。幸せってほどでもないけど、この生活を維持して、愛する面倒な妻を手元に置いておくためなら、人を殺すこともできるかも。自分のために何もかも決めてくれるんだもん。働いて、家計を保つのには十分なお金を入れてくれるよ。父さんは家にいたって労働者で、母さんはすべてを監督する現場主任って感じ。投票は欠かさないし、所得申告書に記入するのを楽しんでる節がある。私が大学に入学した時は、見たことないくらい熱心だったな。学生用相互保険のラインアップを全部細かく調べて、最適なのをアドバイスしてくれたんだから」

オーレリーは弟のことは大目に見ていたが、真の愛情を感じているわけではなかった。特に面白みのない思春期の若者で、まだ精神的な危機に陥ったこともない。かっこいい車が好きで、フェラーリのポスターを何枚か部屋に貼っていた。夜、弟が忍び足で台所にキッチンペーパーを取りに行ったあと、苦しそうな声を上げるのがよく聞こえてきた。弟のことはとにかく滑稽で間抜けだとしか思っていなかった。オーレリーはキャリアプランも、学業の計画も一切持たず、ただ惰性で、時間を潰すために授業に通い続けていた。自分の人生が止まってしまったかのように思えたし、何年も待ってようやく成人になったのに、できるようになったのはデビットカードで支払うことくらいだった。すべての指示に従い、共和国が定める手順を忠実に守ってきたのに、何かに失敗したのだ。彼女は勤勉で、規律正しく、厳格で、オープンな心を持って生きてきた。頭を使うことも、身体的な苦労も厭わなかった。社会的な制約から解放されて自己実現することに心から憧れていて、何か、が、起こることを期待していた。そして何も起こらなかった。

この会話はアレハンドロの心に響いた。自分は同国人に対してだって、ここまで正直に話すことはできない。彼はオーレリーに、フランスに来るのは大変だったこと、授業が退屈なこと、大学で交わされる不毛な議論の数々を一日中聞かされたあとに感じる落胆のこと、電気代を支払い、酸っぱい缶詰の野菜をいくつか買うために金をかき集めなければならないこと、役所の手続きが煩わしいこと、滞在許可証に関する問題があるが、伸び続ける行列や無礼とすら感じる受付時間のせいで、解決はほぼ不可能なことを話した。アレハンドロはフランス人の間に広まりつつある反移民の論調にも苦しんでいた。背景にあるのは〝こっちは汗水垂らして働いているのに、あいつらは勝手にやって来てすべてを手に入れる〟という感情だ。移民として暮らすのは大変だ。何をするにしても記入しなければならない一連の書類、金食い虫と呼ばれないためには拒否できない仕事。そう、すべてが彼のために用意されているなんてことはない。コロンビア革命軍《Farc》に関する同級生の冗談に無理に笑ったり、ジョー・アロージョを聴いて泣きたい気分になったりするが、故郷に残った友人たちに国外移住の現実について説明することはできなかった。

アレハンドロはオーレリーに、家族がひどく恋しいのだと告白した。彼女とは反対に、彼はいとこたち全員と仲が良く、おじたち、おばたちに愛されていた。家族なしに生活するということの重大さを分かっていなかった。祖国では固い友情で結ばれた友人たちや信頼できる知り合いに恵まれ、比較的充実した社会生活を送っていた。それにもかかわらず、彼もまた孤独を感じていたのだ。ヨーロッパに行きたいと常に望んではいたが、ジュネーヴやロンドンに行く金はなかった。はるばる海を渡ってきたというのに英仏海峡も越えられず、ブリュッセルで二日間過ごすこともできなかったと思うと腹立たしい。コロンビアに対する反発心以外に、何がこの不安定な生活に自分を引き留めているのかもよく分かっていなかった。勉強のために渡仏したのに何も学んでいないし、真に建設的なこと、もしくは母国にいたらできなかったことに取り組むこともなく、ただ漫然と日々を過ごしている。妙なことを言うようだが、アレハンドロはフランスに来て多くのものを失っていた。彼が貧困というものが何かを知ったのはグルノーブルでのことだ。ボゴタでは、瀟洒な住宅街にある小さな親の持ち家を離れたことがなかった。両親は国立大学の入学試験に落ちた息子のために私立大学の学費を支払ったが、それが大きな金銭的打撃となることはなかったし、毎年のクリスマス休暇は家族でサン・アンドレス島（カリブ海に浮かぶコロンビア領の島）で過ごした。アレハンドロは母国では上位中産階級、子供が外国で成功すること、もしくはアメリカ企業かヨーロッパ企業で働くために帰国したことを自慢するような階級に属していた。

「コロンビア人はすごく愛国心が強いんだ。日がな一日話すんだぜ。自分たちが世界一美しい国に住んでるとか、神がコロンビアを作ったとか、南米大陸で唯一、大西洋と太平洋に面してるとか……。アマゾンやアンデス山脈のことも誇りにしてさ……。自分たちがそれにふさわしいとでも思ってんのかよ！　どの家にも国旗があって、国外に出たやつらはブレスレット状の国旗を手首に着けてるんだぜ。どこに行ってもあのクソみたいな三色が付きまとう。なのにコロンビア人の母親にとって何が成功かって言ったら、息子がヨーロッパで修士を取ってくることなんだよ。トップ中のトップはアメリカだ。あっちの大学の授業料なんて誰も払えないけどな。自分の国を誇るわりには、国を出て休暇の時だけ戻ってきて、親戚たちに外の世界がどんなにいいかを見せつけるのが成功ってわけだ。おれらは若者の手本だよ。まだ高校生のガキどもを学校で優秀な成績を収めて成功した年上のいとこがやりこめて、コンプレックスを植え付けてさ、ただ一つのこと、国を出ることに執着するように仕向けるんだ。成功したっていうイメージで若いやつらを感心させたいってのが、成功するためのモチベーションになってるんだよ。親戚内での評判があるから、みすぼらしい一部屋のアパートの家賃を払うためにハンバーガーを作ったり客にビールを出したりしてるなんて、外国に住んだことのない親には言えやしない。どんな問題があろうと、外国にいればそれでいい。コロンビアにいないんだから、全部うまくいくはずだと家族は思ってる。でもそれじゃ愛国心や誇りって何なんだ？」

アレハンドロの訛りは軽く、〝r〟が多少引っかかるのと、〝コロンビア〟の〝ロン〟が弾むくらいだった。話ぶりは淡々としていて、明確に自分の考えを伝えることを心に留めながら、言葉を選ぶ。丁寧ではあったが、苦労なくフランス語を話した。

「ずっとヨーロッパに来たかったのは、コロンビアに疲れてたからだ。疲れる国なんだよ。ここなら何も考えずに映画館に出かけられるだろ。夜三時に自転車で家に帰っても問題ないし、通りで誰かがぶつかってきたら、そいつは謝ってくれる。エレベーターに乗り込めば、一緒になった人は〝こんにちは〟とか〝さようなら〟って挨拶をしてくれるし、おれが降りる階のボタンを代わりに押してくれる。たまにデカいティーサロンにいるみたいに思えるよ。みんなが無意識に微笑んで、丁寧な挨拶の言葉を自動的に読み上げてる感じだ。良かれと思ってやってるんだろうけど、時々おれが間抜けか頭の足りないやつみたいに話しかけてくることもあるけどな……。〝頭の足りないやつ〟で合ってるよな、ノ《no》？　よく分かってない子供を相手にしてるみたいにさ、じっとおれの目を見て、音節をやたら区切って話すんだ。だけど一年に一冊の本も読まないやつらだぜ。親切だけど、自分の持っているものを何も活用してない。図書館の利用登録はタダだし、講演会もたくさんあるし、質の高い公共ラジオも聴けるのに、マーケティング《M》・コミュニケーション《C》の修士課程《2》のオープンキャンパスには退職世代しか来ない。君らフランス人は何もしないんだ。親切で行儀が良くて、世界中いろんな国で管理職につくところは想像できるけどさ、便所掃除をしているところは想像できないな。行儀が良くて、きちんとした教育を受けていて、申し分ないけど、適応力はないよ。おれたちコロンビア人はどこであろうと自分たちの巣を作る」

6

オーレリーはアレハンドロの家に通い、その頻度をだんだん上げて冬を乗り切った。二日に一回は彼の家に泊まった。両親の家で眠るのがいやだったのだ。シングルベッドの冷たいシーツの中に身を潜らせ、視線を上に向けると、思春期に貼ったポスター、今ではばかにしている歌手のそれが目に入ってくる。そして重ね着で分厚く膨れた恋人の細い体がひどく恋しくなる。アレハンドロは節約のため、暖房をつけない。コロンビアで摂氏零度を経験したのは一度きりで、彼の両親はいまだにその話をする。オーレリーは延々と続く飲み会でアレハンドロの友人の何人かと知り合い、彼らから翌週を乗り切るエネルギーをもらっていた。これはステレオタイプであり、彼女はステレオタイプを嫌っていたが、コロンビア人はアツい国民性の持ち主だ。オーレリーはラム酒を除けば酒には強い。愛想良く笑顔を浮かべ、どの台所、どの居間、どのシーシャバーにいてもくつろげた。上品ぶることはなく、フォーマイカのテーブルの端でパスタを食べるのにも、一本の瓶を皆で回し飲みするのにも文句はなかった。

アレハンドロに連れ出されると、オーレリーは喜びで満たされる。彼といないときは何もしない。彼女は驚くほど大量のビールを飲み干すことができ、あけすけではあるが害のない世界で多くの共感ポイントを得られた。サルサを踊るのはひどく下手だが、彼女がぎこちなく脚を動かす様子を見て皆が感心したふりをしてくれる。オーレリーは皆に気に入られ、アレハンドロは初めて恥ずかしくないフランス人の女をベッドに入れることができて満足していた。二人は人前でキスをしたり手を繋いだりすることはない。コロンビア人たちはそれを疑問視することはないし、二人の関係を枠にはめる表向きのステータスなど気に留めていなかった。友人が定期的に射精し、前より顔色が良いのは明らかであり、そのほかのことに女みたいに細かくケチをつける気などなかった。ちゃんとした恋人じゃない。オーレリーが両親に紹介したいと申し出た時、アレハンドロははっきりそう言った。「正直に言って、カップルってのを信じてないんだ。君を傷つけたくないし、夢中になって我を忘れてほしくない。おれらはいい感じだよ。すごくいい感じだけど、ルールに倣おうとすれば崩れる。これまで付き合った女とは悲惨な終わり方をしてきた。おれは自由でいないとダメなんだ」

オーレリーは、アレハンドロが今付き合っている女は自分だけだと重々承知していた。だから最も大切なものを守りつつ彼を喜ばせようと考え、彼に課された決まりを受け入れていた。二人の関係をどう呼ぼうとアレハンドロの勝手だが、実際のところ彼は大半の時間をオーレリーと過ごし、性欲を満たしていた。彼女と会話をしたり、彼女の髪の毛を引っ張ったり、彼女のためにパタコネス（バナナに似た果物プランテンを揚げた中米料理）を揚げたり、さらには彼女の膝に頭を乗せたりすることが好きで、これはオーレリーを大いに喜ばせた。彼らの関係は官能的で優しく、体目当てや、流行のセックスフレンドのそれではない。オーレリーはアレハンドロのカップル恐怖症を受け入れていることに多少の誇りを感じていた。自分は彼をありのまま受け入れられる。要求が多くて嫉妬深く、神経質な女たち、コロンビアに置いてきた前の彼女ディアアナみたいな女とは違う。オーレリーはディアナに際限のない嫌悪感を募らせた。

アレハンドロへの愛がゆえに、オーレリーは洗練されていった。痩せて肌色が明るくなり、中間試験にも奇跡的に合格した。コルタサルの『石蹴り遊び』をフランス語で読み（それはアレハンドロにとっては読んでいないのと同じだった）、高校時代のスペイン語の授業ノートを開き、レディオヘッド、トゥール、モーチーバ、サイドステッパー、トト・ラ・モンパシーナ、デペッシュ・モード、それからシルビオ・ロドリゲスの音楽を知った。アレハンドロが教えてくれたあらゆる音楽を家で聴き、すべてを気に入った。彼と出会う前は、音楽のことなんて何も知らなかった。何しろ両親が見ていたのは民放テレビ局TF1の『トップ100』*と土曜夜のバラエティ番組だ。アレハンドロのおかげで彼女はフランスの音楽的遺産や、フェデリコ・フェリーニ、サム・ペキンパー、宮崎駿を知った。再び知識欲に駆り立てられ、好奇心がよみがえってきたのを感じ、エロティックな思索と深い愛情の間をさまよいながら、一日中本を読むのも厭わなかった。

アレハンドロが彼女の世界の中心となり、彼がそばにいないことが次第に我慢できなくなっていった。オーレリーは自分の愛に夢中になっていたのだ。人生で初めて経験した、激しくて強力な感情だった。彼の肉体、香り、彼との会話を異常なほどに欲した。アレハンドロについての空想を膨らませ、彼を中心に物事を考えていた。学士課程を修了することはほとんど重要でなくなり、もはやグルノーブルを離れたいとも思わなくなった。彼に会えない日は胸に大きな穴が空《あ》いたまま、諦めと恨みを覚えつつ、やたら長く感じる時間を無為に過ごす。アレハンドロの家を出ると、自分がしおれてしまい、怒りっぽく、冷淡になるのを感じた。彼が散らかった部屋でせわしなく動き回り、ボゴタ特有の言葉で文句を言いながら食事を作ろうと鍋を探す姿は何度見ても飽きない。ボゴタでもおれの地区だけの言葉なんだ、と言っていた。アレハンドロからのSMSは簡潔なものだが、オーレリーはそれを記憶して一語一語を分析し、隠された意味や彼が抑えているかもしれない感情がどこかに表れていないか探す。彼

＊　原題は『Les 100 plus grands』。アーカイブ映像を中心に構成された娯楽番組。二〇一二年に放送終了。

は内向的な人間だが、彼女が玄関に現れると、安らぎを感じているように見えた。アレハンドロはこの若い娘と話すのが好きだった。ほかの人に対しては警戒心を持つのに、彼の腕の中では解放され、体に触れると熱を帯び、情熱で爆発しそうだった。オーレリーはこの愛で燃え尽きてもおかしくなかったし、どんな瞬間もアレハンドロと一緒にいるためなら何でもしただろう。彼女が抱く二人分、十人分、いや百人分にも値するこの決して薄れない情熱は、アレハンドロがこれまでないがしろにしていた非常にシンプルなものの魅力を再び彼に味わわせていた。

アレハンドロとの子供はどんな見た目になるだろう。もちろんスペイン語の名前を付けるつもりだ。彼は彼女よりずっと祖国に根付いているのだから。といってもアレハンドロは自分が育ち、渡仏した時に初めて離れた巨大な首都以外について、母国のことは何も知らない。オーレリーは彼のことを誰にも話さないでいた。自分にとって彼がどんな存在なのか表現するのが難しいからだ。心の許せる友人であり、情人であり、愛しい人ではあるが、決して言葉どおりの恋人ではない。彼氏という言葉は禁じられていた。彼女はこの複雑な状況に愚かしい誇りを感じていた。イタリア人の路上パフォーマー、クラウディオともはや同類となり、自分の絶望的な凡庸さの中に何か特別なものがあると信じ込んでいた。人生で初めて男を愛し、自分の愛を表現しようと大げさな表現やちょっとキッチュな比喩を常に探し求めた。アレハンドロの写真は一枚も持っていない。彼に対するこの愛は特別で、前例がないものだと確信していた。〝正式な〟カップルがばかばかしいもののように感じられ、あれほど従おうと思っていた社会的な慣習から逃れられると思い、喜んでいた。

＊＊＊

アレハンドロとデート、、、してもエキゾチズムに浸れるとは限らない。彼らはとてもフランス的なことをフランス語でしか話さなかった。オーレリーがコロンビアのことを尋ねることがあっても、彼は非常にあいまいな答えでかわす。彼女は南米の土を踏んだことがなく、彼の出身地に見られるような社会の混乱ぶりを過小評価していた。家庭が貧しくとも、オーレリーが育った国では栄養失調で苦しむ人はいない。バカロレアを取得したあらゆる若者に大学進学の道が開けており、無料で医療を受けられるし、どこの薬局でもちょっとした傷や病気に対応する治療薬が手に入る。今や社会的な関心ごとといえば、体が不自由な人々、、、、のために公共の場をバリアフリー化すること、白杖を持つ目が不自由な人々のために歩道の一部に点字ブロックを敷くこと、同性愛嫌悪の悪趣味な冗談と闘うことだ。市民の平等原則を擁護する声は最高潮に達しているが、アレハンドロはある種の議論、特にイヴ・カルヴィ（有名なテレビ・ラジオ司会者）のそれを目にすると、幻覚を見ているような気持ちになるし、クリストフ・バルビエ*に至ってはバンド・デシネの登場人物のように思えた。このことについて周囲の人に話そうとすると、返ってくる反応で一番多いのがこれだ。「へえ、コロンビア人がバルビエを知っているとはね。笑えるよ！」これが彼の亡命生活がもたらした不愉快で疲れる結末の一つだ。故郷に残っている友人たちとのズレは次第に大きくなるが、一方で〝同化した元外国人〟としてフランス人と会話をしたいと望んでも、常に外国人扱いされてしまう。

フランスは文化の民主化に腐心している。九ユーロで買える若者向けのオペラのチケットや家族係数に基づいて授業料が決まる音楽学校。こういうものがアレハンドロを啞然とさせた。彼は時にラジオ局〈フランス・キュルチュール〉を聴き、二つの言葉の概念を結びつけて一人で笑うことがある。何せ国名のあとに、大文字で始まる文化《キュルチュール》が続くのだ。コロンビアは平等な社会ではないし、そのふりをしようともしていない。最も裕福な者が最もいい地位に就いていて、誰もがこの明確な事実を絶対的な諦めをもって受け入れている。コロンビア人は気前が良く、粘り強く、抵抗力もあるが、同時にとても傲慢だった。

オーレリーはコロンビア人たちが、相手のちょっとした失言にひどく腹を立てる特別な敏感さを持っていることに気がついていた。認めたくはないが、彼女は定期的にアレハンドロとの大きな文化的差異に直面した。「コロンビアでは、クソ扱いされるか、引き下がるかのどっちかだ。中途半端はないんだよ。全員がデカいエゴの問題を抱えてるのさ」名前は忘れたが、とあるバーで過ごしたいつもと変わらない金曜の夜のことだ。一週間食費と暖房費を削って作った金が消えていくこの夜、一人のコロンビア人の男がギラついた目でオーレリーに近づいてきた。母国の月並みな話を繰り広げて、アヴァンチュールに飢えた西欧人の女をベッドに誘い込もうという魂胆だ。男

＊　テレビ番組への出演が多い政治評論家で直接的な物言いで知られる。赤いスカーフが特徴。

が〝博士〟を自称すると、アレハンドロが攻撃的な調子で割り込んできて、博士論文を書いたかどうかを尋ねた。男は非常に素っ気なく、ばつが悪そうに〝いいや〟と答えたあと、視線を床にやった。この言葉の勝利で勢いがついたアレハンドロは、人を見下すようなボゴタニスモス（ボゴタ特有の表現や言葉遣い）を取り入れたスペイン語で同胞の虚言癖を皮肉った。二人は殴り合いになり、オーレリーはアレハンドロにやめてくれと懇願した。彼女はこの抑えられずにあふれ出たばからしいテストステロンに喜びを感じてしまったことを恥じた。「おれはヨーロッパ人みたいな腰抜けのオカマとは違う」とアレハンドロは言い放ち、彼女はこの無礼ではあるが正当な指摘に気を悪くした。

オーレリーはいかなる形の争いも嫌うタイプの人間で、問題になる話題があるかぎり、それを避けることを好む。彼女はコロンビア人たちのレジリエンス、難しい状況を切り抜けようとする力、強いコミュニティ感覚、組織力が羨ましかった。誰かが休暇で一時帰国するとなれば、周囲にそれを知らせ、小さな任務を請け負う。「このセーターを弟に返してきて」「アグアルディエンテ（コロンビアでよく飲まれるさとうきびを使った蒸留酒）を一本買ってきてくれ」「この小包を母さんに渡して」これらの任務は真剣に、そして無償で行われる。フランスでは有料の協力型オンラインプラットフォームが立ち上がるきっかけになるだろう。オーレリーは、彼らが祖国の政治や進むべき方向についての終わりのない議論の中で意見を交わし、分裂したあげくに互いを侮辱し、最後には抱き合う様子に感心してしまう。それでも、まったくの偶然で受け継いだ遺伝子プールのためにコロンビア人の男たちに求められてからというもの、今までにないほどに自分をヨーロッパ人的だと感じていた。

一方アレハンドロは、自分がラティーノであるがゆえに簡単に女と体の関係を持てることにうんざりするに至っていた。ある夜、若い女をダンスに誘った時のことだ。女はアレハンドロの誘いを断ったが、誰にも理解できない猥褻な歌詞が乗せられた商業的な音楽が流れる中、彼が激しく踊るのを見ていてあげると言ってきた。「どういう意味だよ。おれは見世物の猿か？」アレハンドロがそう言い返すと、不運なこの女は自分はレイシストじゃないともごもごと話し、狭量な市民という下位カテゴリーの人間と同一視された恥で身を硬直させた。女は一瞬どこに身を置けばいいのか分からなくなっていたが、すぐに別の男が現れ、彼女の提案を受け入れた。夜がさらに深まった頃、彼女のもっとずっと間近で自分の腰の動きを見せつけようという魂胆だ。サルサを踊るラティーノ、遺伝子にリズムが刻まれたアフリカン。アレハンドロは、外国人の男たちが頻繁に、そしてたいした苦労をせずに性欲を満たそうと、あらゆるステレオタイプを維持するつもりがあることをひしひしと感じていた。オーレリーは彼の性欲をなだめてくれた。アレハンドロは時に彼女を抱きながら互いの肌のコントラストに見とれ、この関係に〝人種を持ち込む〟ことを恥じた。長年のヨーロッパ人への憧れが育んだ原始的な本能により、彼はこの整った顔立ちで優しい目をしたフランス人女性を連れて歩くことを誇らしく思っていた。その一方で、友人に話す時にはまず彼女の国籍から話さなければならないことが不満だった。二人の関係の二文化的側面については考えたくないし、オーレリーには自分の出身国についてあまり質問してほしくなかった。

アレハンドロはオーレリーが望むように彼女の存在を楽しめない自分を責めていた。彼女は彼の人生に入ってくるのが少し早すぎたのだ。反論したり会話に参加したりするにはあまりに素直で、あまりに単純で、あまりに若く、できるのは話を飲み込むことだけ。オーレリーの賢さに疑いの余地はなかったが、彼女の何かが彼を苛立たせ、彼女がすべてを犠牲にしてしまうような大恋愛に自らの身を任せることを阻んでいた。オーレリーが語る孤独感や、将来への見通しのなさ、喉を締めつけるような不安、望んだような青年期を過ごしていないと感じて思い悩む様子に自分を重ねてはいたが、すべてを委ねることはできないでいた。一方でオーレリーは、愛情深い環境で育ったものの何かが欠けていると感じていて、彼と一緒にいると、いくらでもそれを満たすことができた。オーレリーは魅力的な女性で、間違いなく妻にするのにぴったりだ。一緒に語り合い、快楽を共にし、話をよく聞いてくれる、熱心で穏やかな妻になれるはずだ。アレハンドロはオーレリーが自分を特別な存在として見ていることを重々承知していた。彼は彼女が愛した初めての男なのだ。オーレリーは思春期が終わったばかりの頃にしか感じられないような、過剰でおめでたい愛を彼に抱いていた。しかしアレハンドロがその気持ちに応えるにはもう遅い。頭の中は現実的な些事でいっぱいだったのだ。ヴィザの更新、試験、時差を計算して母に電話すること、直近の電気代、社会保障センターに送る郵便物。オーレリーはアレハンドロのこと以外何も考えておらず、おかげで彼はさりげない気遣いを常に享受することができた。アレハンドロの言葉をすべて飲み込み、数日前に彼が食べたいと言ったものを料理することもたびたびあった。彼が語ったどんなに些細なことも、コロンビアについて話す時のどんなに微妙な引きつった笑いも記憶した。彼の同級生の名前も、友達の誕生日もだ。彼本人は誕生日を思い出すにはフェイスブックが頼りだった。

アレハンドロのおばの一人はカリフォルニアでエンジニアの夫と暮らしていた。彼らの子供たちは肌の浅黒い完全なるアメリカ人だ。アレハンドロはどうやったらおば一家と暮らせるか調べてみた。まずは観光客として入国し、仕事を探すことになるだろう。滞在許可証を得るためだけにまたもや食品関係のバイトをしなければならないと思うと憂鬱になった。オーレリーは自分の将来の計画について言及するのを恐れていた。アレハンドロがグルノーブルを嫌っていて、フランスに落胆していることを知っていたからだ。西欧で生活するのであれば、完全に西欧流の暮らしをしたほうが良い。彼は社会的な文化、合意への過剰なこだわりが好きでなかったし、ロマの人々の生活環境から氷帽の融解まで、あらゆる地球上の不幸に責任を感じる教養あるフランス人の良心も好きではなかった。フランス映画にも耐えられなくなったし、滞在許可証を取る手助けをしようと偽装結婚を持ちかけてくる女友達の軽々しさにもうんざりだった。イングリッド・ベタンクールの救出について称賛の言葉をかけられるのにもぞっとするし、世界市民なんて言葉には吐き気を覚える。ボランティア活動や交換留学で一年間外国で過ごしたような同世代のフランス人は、周囲に数え切れないくらいいた。数時間あれば自国を横断できる時代、自分が一つの巨大な人類のコミュニティに属する一員だと感じるのは簡単だ。でもこんな言葉は彼にとって、何の意味もなかった。

アレハンドロはラテンアメリカ人だ。この複雑なアイデンティティはそれだけですでに厄介だし、面倒はそれで十分だった。自分自身の文化的背景をどう考えればよいか分かっていなかった。劣化したスペイン語を話し、母国の人々の顔にはヨーロッパ人の到来以降重ねられてきた混血の痕跡が見て取れる。南米大陸の歴史そのものは、正式には植民地化される五百年前から始まっていた。しかし彼は祖先の慣例も風習も、彼らがどんな言語を話していたかも知らない。アレハンドロは蹂躙された民族の子孫だ。何世紀も前から同じ言語、自然に進化する言語を話す人たち、二千年にわたる自国の歴史を知っていて、城、大理石、タピスリー、エスキースなどからなる文化遺産を持つ人たちにとっては世界市民でいるのは結構なことだ。世界市民、それは命を危険にさらすことなく旅ができる、欲を満たしきった民族の究極の気まぐれなのだ。

***

アレハンドロは数週間後に修士論文を提出しなければならず、ひどく不機嫌になることがあった。しかしオーレリーを抱こうとする時は今までにないくらい優しかったし、前戯の間にこれほど饒舌だったこともなかった。オーレリーはこれが彼なりの愛し方であり、それは基本的な生理的欲求からはかけ離れたものだと結論づけた。彼女は自分の性的な衝動をより高尚なものに昇華していて、男とセックスについてのステレオタイプを何年もの間垂れ流していた母親に同意することはできなかった。彼女が愛する男は間違いなく違う。人とは一線を画している。アレハンドロが感情的に未熟なことは辛いながらも認めていた。彼を興奮させられる女たち、自分がまだ彼にやってあげていないこと、ハードディスクに残っているかもしれない昔の恋人たちの写真、いまだに〝お気に入り〟にブックマークされている何十本もの気持ち悪いタイトルの映画のことを考えると、心が病むこともある。でもアレハンドロだけが彼女に性的な快楽を与え、高みへ引き上げてくれたのだ。彼自身も自分がこの娘に与えた変化に驚いていた。オーレリーはアレハンドロとの接触により、すっかり世慣れしていた。自信を得て、声色も変わり、より教養豊かでオープンになったように見えた。これらの目に見える変化に彼は感銘を受けていたが、その理由が自分にあるとは考えたくなかった。

アレハンドロは、オーレリーとの経験は自慰のために想像する興奮材料とは違うと認めていた。彼らは正常位で奥深く、熱く、シンプルな快感を得ることができた。アレハンドロは挿入時にオーレリーの顔を見るのが好きで、彼女の息を耳に感じながら頭をまさぐられると、オーガズムに達しそうになる。彼女は彼のこめかみから足先までキスをしたり、足指を恭しく舐めたりすることがあり、それが彼をひどく興奮させた。オーレリーは決まって舌先を彼の指に這わせ、両手を背中に沿って滑らせて、睾丸を優しく撫でる。アレハンドロは彼女の体のラインを指でなぞり、腿の間で手を止めるのが好きだった。オーレリーは美人で気立てが良く、魅力的で、優美で、従順で、想像力豊かだ。時に彼女がアレハンドロの上に乗り、彼よりも積極的になることがある。こういうとき、彼は彼女に導かれるままに身を任せるのが好きだった。オーレリーが持つ官能性は技術的なものでも、手が込んだものでもない。シンプルかつ本能的で、上品で攻撃性のない動物のようだった。一体感と官能がアレハンドロの意見を変えた。ポルノ産業に刷り込まれた数多くのファンタズムを実現し、本能を満たしてきたにもかかわらず、肉体関係の中にそれまで経験したことのない繊細さを見出していた。認めざるをえない。恋をしている女と寝るほうが遥かに満足できる。

アレハンドロはオーレリーを喜んで家に招き入れるが、待ちきれずに焦がれるようなことはなかった。彼女が自分のものだと分かっていたし、彼の自尊心はこの状況に非常に満足していた。オーレリーのことは自分の想定よりもずっと好いていたが、少なくとも人生におけるこの部分は自分でコントロールしたいと考えていた。つまり単調で驚きのないアヴァンチュールのみを持つことで、感情的に心地良い距離感を保ちたかったのだ。アレハンドロは家から出る力はないが、あちこちを駆け巡りたいと思っていた。潜在意識の中で、コペンハーゲン、ベルリン、中国を旅した。人に執着することはできない。すべてを一人で見なければいけない。ある種の優越性の確信、独自の運命をまっとうするという信念が、あらゆる形のセンチメンタリズムをも凌駕するに至っていた。彼の道はあらゆる女に勝る。女の代わりは何人もいるが、自分の人生は一度きりだ。オーレリーにどんな愛着を感じていようと、またいつか、別の女が彼に恋をするだろう。オーレリーほど美人でなく、丸みもなく、尻に張りもないかもしれないが、同じように穏やかな目をして、同じように愚かなほどの愛情を持つ女が。

7

二〇〇九年六月二十五日、マイケル・ジャクソンが死んだ。景気後退にまつわる不安はもはや一部のエセ知識人と、最後の瞬間に勝ち馬に乗ろうとする予言者たちだけのものになっていた。カストラートのような声と、およそ現実とは思えない容姿の男にオマージュを捧げようと、世界が活動を止めた。オーレリーはそれにはほとんど関心を持たず、アレハンドロがアパートを引き払うので掃除を手伝っていた。彼はリヨン第二大学に受け入れられ、大学が交付する専門翻訳の学位の取得を目指してもう一年フランスに滞在することになった。数週間前、オーレリーは彼についていけないかと大学の移籍を検討した。しかし今までで最もつらく耐えがたかった会話の中で、アレハンドロから君のことは一生忘れないが、君はグルノーブルに残るべきだと言われた。自分自身のために何かをすべきだ、と。彼についていくのは何よりも自分のためだ、と反論することはできなかった。せがんでも、説得しても無駄だと分かっていた。気づけばまるで体が自分のコントロール下から離れてしまったかのように、必死に浴槽を磨いたり、シンクをピカピカにしたりすることだけを考えて掃除をしていた。オーレリーは最後の奉仕のために最大級のエネルギーを注いでいたが、アレハンドロがそれに気づくことはなかった。イライラしていて、彼女を慰めようなどという気はまるでなく、大家に渡すべき書類のリストで頭がいっぱいで、その大家がやって来るまで彼女に目を向けることもなかった。だからオーレリーは静かに姿を消した。アレハンドロの衣類は小さな旅行かばん一つに収まり、段ボール箱に詰められた本は友人宅の地下倉庫で保管されることになっていた。この点について彼は悲しみ、本を置いていくことを心から残念に思っているようだった。誰かとシェアする家を見つけるまでは、カウチサーフィン（他人の家に宿泊させてもらうためのウェブ上のコミュニティ）でいろいろなところに寝泊まりするだろう。新しい街での新しいカリキュラムに対しては、熱意よりも諦めを感じているように見えた。リヨンでもアルバイトをし、リディルかウーデー（共に格安スーパー）で買い物をしなければならないだろう。それでも、ともかくフランスにいる。この引っ越しは強迫的な行動で、オーレリーはセリーヌのこの文章が頭から離れなかった。

彼女を愛していることには、まちがいなかった。だが、それ以上に僕は自分の悪癖を、あのいたるところから逃げ出したい欲望を愛していたのだ。おそらくは愚かな自尊心から、一種の優越性を信じて。*

＊＊＊

二〇〇九年の夏は前の年よりもさらに耐えがたいものになった。オーレリーは自分が大学生活に戻ることはないと分かっていた。期末試験には合格しなかった。アレハンドロが街を去った今、もう知り合いも、頻繁に会う友人もいない。ある日街中でとあるコロンビア人とすれ違ったが、向こうは彼女に気がつかなかった。アレハンドロが横にいなければ、彼女はもはや何者でもない。昼寝の時間がどんどん長くなり、起きている時間は暇を持て余し、果てしなく長く感じた。何度も長い散歩をしたり、県議会が運営するコミュニティバスに乗って小さな村の広場で降りたりしても、見るものも何もなければ話す相手もいない。両親は娘の心に大きな変化が起きたことに気がついていた。毎晩帰ってきて自室で寝ているし、鼻歌を歌うこともなくなった。両親はこの様子を見て胸を痛め、ほんの少し心を動かされた。でも初めての失恋なのだから、これが普通だ。平均よりも少し遅いものの、テレビ雑誌で児童精神科医が語っていたすべての発達段階を自分たちの娘が踏んでいることに安心もしていた。オーレリーが経験したことや、アレハンドロに対して抱いていた貪欲な愛がどれほど特別なものだったか、本人を除いて分かる人は誰もいなかった。

毎日が重たく、毎時間がべたつくようで不快だった。アレハンドロはオーレリーの頬に軽くキスをして別れを告げたが、彼女はその日までしっかりと自分の役割をこなした。溜まった精液を軽くしてあげ、生活が苦しくなる月末には食事を用意してあげ、不安でイライラが止まらないときは安心させてあげた。アレハンドロは失敗の恐怖に襲われていた。オーレリーは彼に求められれば優しさを与え、いかなる約束も見返り

＊　セリーヌ『夜の果てへの旅』生田耕作訳、中公文庫。

も求めなかった。際限なく自分自身を捧げ、何の見通しも持たずにニューエイジ的な恋愛のルールを守りぬいた。彼には一切の責任も義務もない。二人の性生活はいつでも解約可能な携帯電話の料金プランに近かった。アレハンドロは彼女の胸の形、尻を叩いた時の跳ね返りの良さをおそらく忘れない。人を傷つけることなど気にせず、我が道を歩み続ける。股間にある勃起性の付属物は、アレハンドロに女の膣を持ってこいと要求するだろう。そして彼は自分の誂りをことさらに強調しながらシオランを引用し、コンドームを装着して自分の欲求を満たすだろう。食事や放尿と同様、定期的に射精することは必要不可欠なのだ。女たちだけが、それも若い女たちだけが、愛のために死ぬなんてことができる。

オーレリーには特別なものはなかった。フェラチオの才能だけでは掛け替えのない存在にはなれない。アレハンドロはオーレリーを抱き、彼女の中で快感を得るのが好きではあったが、別の女にだってこの役割はこなせるだろうと彼女に打ち明けたことがある。アレハンドロは彼女を成長させ、興奮で身を震えさせた。素晴らしい本、延々と映画を見て過ごすオールナイト、上質な大麻、丁寧な愛撫の魅力を教えてくれた。求められていると感じたいという単純で抗いがたい欲求があるからといって、数週間で代わりの男を見つけることはできないだろう。体では分かっていた。彼女は捨てられ、ほとんど否定され、数あるマスターベーションの思い出と同等のランクにまですでに格下げされていたのだ。オーレリーは自分の体からすべての物質がなくなり、干上がってしまったかのように感じた。そんな感覚とはうらはらに体は動いたし、うつろな目で母親と会話をすることもできた。夜中にパニックに襲われて目を覚ましては、両親が死ぬまでこの家で暮らす自分を想像した。家庭は息苦しく、誰にも自分の話をすることができない。人に諭されることは望んでいなかった。犯していない罪を償うかのように、苦しみをまっとうしたかったのだ。

働かなければならない。それは分かっている。しかしオーレリーは高等教育の学位を取得するために必要な覚悟を持ち合わせていなかった。サービス分野の上級技術者免状《BTS》*のために高校に戻るのは真剣な選択肢にはなりえない。両親は医療秘書になるか、

* バカロレア取得後、職業高校に併設されている二年間の課程を修了することで得られる免状。

販売店経営のＢＴＳを取得するのを勧めてきた。どちらの資格も、地元の高校で提供される卒業後のコースを履修すれば取得できる。「小売業界に失業はないぞ、オーレリー！　将来性のある仕事だよ！　テレビでも言ってるぞ。大学出のインテリが職に困ってるとさ。実践的な勉強を何もしてないからだよ！　でもＢＴＳを取得すれば間違いないさ！」テレビを見ながら食事を摂る平均的なフランス人らしい態度で両親はそう断言し、大きな愛と期待から、自分たちが送ってきた金銭的に不安定な生活を子供たちが経験することを拒んだ。理論的には説明できないものの、自分たちの幼少期から子供たちのそれの間に世間の生活水準が大幅に低下したことに気がついていて、子供たちにとって困難な時代になるだろうと分かっていたのだ。長男はかろうじてなんとかなったが、末っ子についてはまるで先が見えない。この二人の年の差はわずか六歳だったが、この差は一世代分にも等しかった。

両親はオーレリーがある程度社会的に成功することを切望していたが、娘に提案できるものといえば、何の就職口ももたらさない、あくまで労働者階級が多少ましな暮らしを目指すための職業訓練くらいだった。彼らにとっては、上の子供二人がバカロレアに合格したことがすでに奇跡であり、子供たちをそこから先に導く能力は持ち合わせていなかった。この種の問題が起きることを予期していなかったし、将来性のある業種を勧めるための知識も持っていなかった。親が途方にくれているので、子供たちは自力でなんとかしなければならない。両親は労働者の視点でしか現実を見ることができず、娘が社会の階段を上っていくことを望んではいたが、自分たちの頭上の二段先から上は何も見えなかった。理論上、法律の勉強は無料で誰にでも開かれているにもかかわらず、法律を学ぶように娘を励ますことなどできるはずもない。どうしても動かせない精神的な障壁があり、しまいには事実を書き換えることすらしてしまった。いわく、オーレリーが政治学院に行かなかったのは、入学試験に落ちたからだ。娘が入学試験を受けたこと自体がどこか不適切で、傲慢なことのように感じていたのだ。大学進学は愚かな選択だったし、悲惨な大学生活一年目は自分の居場所に留まり、現実的な感覚を持つべきだということの証明にほかならない。授業の退屈さと凡庸さは考慮すべき要素ではないし、娘はもはや自分たちとは別の言語で話す。授業が面白いということ、それが学ぶ機会になるということは本当に重要なのか？　学位は就職口をもたらすべきものであって、学びたい、教養を高めたいと望むことは手の届かない贅沢、悪趣味な気まぐれだ。

両親は立派な人間で、オーレリーは直接は伝えられずとも、彼らを尊敬していた。家は文句のつけようもなく整っているし、非常に細かくて厳密な、日々の小さな節約により彼らは貯金もしていた。家具の上は置物であふれていて、子供たちが参加したお祭りはテープが傷んだ古いＶＨＳにすべて記録され、大切に保管されていた。オーレリーは両親とは違う。些細な違いだが、おそらく遺伝子の変異によるものだろう。両親の懸念事項には何ら関心を示さず、彼らとは別の人生を送ること、知的な仕事に就き、旅や出会いや外国語での議論であふれた生活を送ることに憧れていた。グルノーブル、この灰色の桶みたいな盆地、人口のうちほんの一握りがたまに訪れるだけの三つの山脈に挟まれたイボみたいなこの街を離れることを、ずっと望んでいた。

オーレリーは自分の子供部屋で、前年の夏に感じた不安、事なかれ主義、恐怖、人生が自分の手から離れていくような感覚、明らかに強い意志があっても何もなしえないだろうという予感と再び向き合っていた。これまでの数ヵ月のように情熱的かつ無邪気に愛を交わすことはもうできないだろうし、あれほどの想像力を持つこともない。絶対的な不安のなさももう経験できないだろう。常に何らかのメリットを探すようになり、合理的で現実的な計算をする中でより警戒心を高め、自然に振る舞うことができなくなるだろう。自分自身を忘れるほど献身的に人を愛することはもうできない。過ぎていく日々に目的を見つけなければならなかった。理論上、肉体的なコンディションに関しては今が人生の頂点だというのに、今までで一番自分が軟弱で無益な存在だと感じていた。目指すべき目標などなく、人生の意味は給与明細に書かれた金額と、出どころが不確かで体に悪そうな食料品を冷蔵庫に詰め込むことにつきた。生命、この原子が積み重なった山が織りなすほとんど奇跡的な活動は、最終的には非常に基礎的な生理機能に行き着く。一日の活動が二回の給餌に要約される太った猫の生活以上のものに憧れるのは非論理的だし、もはや病的だ。オーレリーは音楽の教育を受けたこともないし、芸術やスポーツに対する愛もない。何の情熱も持ち合わせていなかった。あの貧弱な体へのどうしようもない執着を通して表現されたのが、人生で唯一抱いた情熱だった。オーレリーには欲望が欠けていた。十九歳の終わりにして、彼女は日常生活の細々とした問題をさばくだけの人生を覚悟した。この世代には反対すべき戦争もないし、真の困難もないし、一切の展望がない。苦しみのレベルはゼロ、B面の存在にすぎなかった。

オーレリーは住めそうな街をリストにした。レンヌだろうとトゥールーズだろうと生活は変わらないだろう。洋服のチェーン店で無期雇用契約《CDI》の販売員になれるかどうかすら確信が持てなかった。どの求人も何かしらの資格と豊富な経験を条件に挙げていた。パン屋でなら働けるかもしれない。どの地域でもパン屋の求人は豊富にあった。受付嬢、電話交換手、ヘルプデスクの電話係、レジ係、量販店の販売アシスタント、コールセンターのオペレーターの給料は月に千ユーロ強だ。そうして働いているうちに、将来できると思われる友人たちを介して同世代の優しい男に出会い、二十八歳頃には子供が何人か生まれていることだろう。そして両親のように平和で不満のない生活を送るのだ。

8

パリ・リヨン駅*のCホームに降り立った時、オーレリーにはパリに挑戦しようなどという気持ちはなかった。母親ががらくた屋に行って端数切り捨ての値段で買ってきた安物のキャリーバッグを苦労して引きながら、油っぽいフライドポテトのにおい、地面に放り捨てられた無料新聞、我慢を知らない子供たち、都会の鳩の固まった糞、疲れきった表情の黒人の男たちが不器用に素早く動かす天然繊維のホウキの間を通り抜け、メトロ一号線に乗ってバスティーユに向かうために地下に降りようとすると、

* リヨン方面の長距離列車が発着するパリ市内の主要ターミナル駅。

エスカレーターが故障していて荷物を運ぶのに苦労した。メトロの各駅の名前を見ると、歴代の教師たちがカリキュラムを期限内に終わらせようと軽く触れただけの、非常に漠然としたフランス史の基礎知識が思い出された。リヨン駅の第一ホールにある小さなスターバックスには長い行列ができていて、キャラメル・フラペチーノのグランデサイズは五ユーロ以上した。オーレリーがパリを選んだのは見知らぬ環境に身を置きたかったからだ。グルノーブルでは目を閉じてでも移動できた。

アレハンドロと付き合ってから、オーレリーは自分の故郷をある種の恥ずべき惨めな田舎と見なすようになり、そこでは知識人という呼称が値するような人間が育つことは一切ないだろうと思っていた。路面電車が縦横に行き交うこのぱっとしない街、国中どこにでもあるチェーン店が並ぶ狭くるしい歩行者専用道路にいたら、スタンダールだってインスピレーションを得られないだろう。ヴィクトル・ユーゴー広場（グルノーブルの商業地域の中心にある）を通り抜けるのも耐えられなくなっていた。古美術商が集まる地区の数々のバーで、過剰に摂取したアルコールを肝臓から吐き出す恋人の髪の毛を手で押さえた夜は数知れない。アレハンドロからはもう数週間連絡がなかった。自分のメールが面倒に思われていること――いやむしろ、まったく関心を持たれていないということは分かっていた。彼は自分らしい日常を取り戻したに違いない。最初の一杯から同胞と意気投合し、シェアハウスに住む女子学生たちとつるみ、頭が空っぽの処女やクーガー女に進化した年増を引っかけ、トム・ヨークのトレモロに合わせてセックスをする。そこに何の問題も感じないはずだ。アレハンドロはいつだってはっきりとしていた。彼らはカップルではなかった。

汚らしい歩道、フナック（フランスの大手書店。オーディオや家電も扱う）、使われなくなったボンヌ地区の兵舎（一八八三年に建設された。現在は中庭のみが保存され、周囲は再開発されている。前出ヴィクトル・ユーゴー広場もここにある）、ポール・ミストラル公園とそこにいる曲芸師やジャンベを鳴らす人たち、バイパスと並行して伸びる、醜いコンクリートの建物が立ち並んだラン＝エ＝ダニューブ大通りなどもう見たくもない。あの街はあまりに不条理だ。人々は二十年ほど前、高速道路を見下ろすコンクリートの棟の中の一マスを買うために借金を背負うことをよしとした。両親の家でテレビがつけっぱなしなのも耐えられなかったし、固定電話で聞く兄の声にも、災害が起きた際、テレビでの報道時間に比例して親の心が動く様子にも我慢できなかった。彼らは津波の映像を見て泣いたり、犠牲者の遺体の写真を見るためにパリ・マッチ誌を買ったり、地図上でどこにあるかも分からない国で人質が解放されたことを大喜びしたりする一方で、トップニュース以外には完全に無関心だった。両親は善良な市民であり、正直で勤勉なフランス人だったが、オーレリーが恋愛中に経験したことは彼らに理解できる言語では説明できなかっただろう。彼女は大量に飲み、多くの本を読み、大いに快楽を得た。両親がこの三つを同時に経験したことがあるとは思えなかった。オーレリーは濃密で生き生きとした文化的な世界を知ったのだ。ソルボンヌ大学で行われる講演会を聞きに行ったり、カフェでの討論会に行ったり、特定のラジオ番組の公開収録に参加したり、劇場に行ったり、カルナヴァレ美術館を見学したり、ヒスパニック系の書店に通ったりしたい。彼女は捨て鉢になって、貧乏人としての運命をまっとうすることを拒否していた。

＊＊＊

オーレリーはジュール・フェリー大通りにあるユースホステルの六人部屋のベッドを予約していた。提供されたシーツは病院のそれに似ていて、生乾きのにおいがした。共同トイレのドアは閉めづらく、シャワー室の木製のドアは歪んでおり、ワインレッドのペンキがあちこち剥がれ落ちていた。ベッドはずいぶん幅が狭く、初日の夜は自撮りをしようと部屋の明かりを点けたスペイン人観光客のせいで三度も起こされた。一人は網タイツを穿き、飴玉みたいなピンク色のラインストーンが付いた妙に短いジャケットを羽織っていた。もう一人は蛍光グリーンのソンブレロを被り、名前どおりのショートパンツを穿いて、恥ずかしげもなくたるんだ太ももを露出していた。この女の声は耐えがたく、乾いた不愉快なアクセントで異常なほど早口だった。まるで終わったばかりのフィエスタについてのありふれた感想を今吐き出さないと死ぬに死ねないとでも言うように、太い指の先に付いた粉砂糖を舐めながらまくしたてていた。三人目は修道女に仮装していた。おそらく独身最後のパーティーだったのだろう。翌日、オーレリーはココア味のシリアルを三杯食べてから、解凍されたバゲットを数切れリュックの中に入れて持ち去った。宿泊料金は一泊二十ユーロ、朝食込みだ。七百ユーロの貯金を持ってパリにやって来たが、彼女にとってそれは大金だった。アパルトマンを探す前に仕事を見つけなければならない。

パリでの最初の朝はホステルから出ず、弱々しいWi-Fiを使って履歴書《CVL》と志望動機書《M》を送って過ごした。約二十分後、十五区にある受付サービスの派遣会社から電話がかかってきて、翌日身分証を持って通勤服で事務所に来るように言われた。評価テストと、場合によっては個人面接を受けるらしい。電話をかけてきた女性の口調は衛生マネージャーのマリカによく似ていて、非常に大げさだった。名前はジェニファー・ルイドゥ。この名前にオーレリーは恐怖で身を凍らせた。[*1]彼女は受付担当に適した服はどんなものかと考え、職を勝ち取る可能性を最大限に高めるために正当な買い物をしようと決めた。最寄りのH&Mやエタム[*2]の場所は知らなかったが、オーレリーがショッピングに行ける中価格帯の店はこの二つだけだ。普段は母親がチェーンのディスカウントショップか古着屋で買ってくる服を着ていた。アレハンドロに出会うまでは自分のルックに特別関心はなかったが、それからは多少努力して、まとめ売りの黒いTバック、リップグロス、バングラデシュ製のプッシュアップブラ、黒のスリムパンツと少し透けるトップスを、中国人が経営するブティックで購入したこともある。

〝シック・ガール〟か〝ファッション・ガール〟か、安物の生地の掃き溜めのような店に付けられた英語の名前は、とうに記憶から消えてしまっていた。

オーレリーはメトロでアーヴル＝コーマルタン駅まで行き、品のある服装を求めてH&Mに駆け込んで、細くて光沢のあるプラスチック製のベルトが付属したポリエステルのスーツ風ストレートパンツと、前に大きなボタンが一つだけ付いている肩パッド入りの黒いブレザーを選んだ。試着室の前には長蛇の列ができていたので試着は断念し、そのまま会計に行くことにした。あっという間に午後が終わってしまった。乗客の線路内立ち入り（パリの地下鉄では、しばしば自殺を指す遠回しな表現）のせいで、メトロの中でかなりの時間を無駄にしていたのだ。パンプスは適度にヒールのある、ポリウレタンで裏張りされた淡いピンク色のものを選んだ。これらの仕事着に百ユーロ近くを費やし、さらにユースホステルに帰るためにメトロの切符を買った。パス・ナヴィゴ*3は来月にならないと手に入らない。オーレリーはできるだけタダ乗りをし、乗車回数も減らそうと決心した。何しろ往復するたびに三ユーロ六十サンチームかかる。磁気式の定期券を受け取

*1　イドゥはフランス語で〝醜悪な〟〝忌まわしい〟という意味の形容詞。
*2　ポピュラーな安い価格帯の下着ブランド。下着以外も展開している。
*3　非接触式の交通ICカード。居住者向けのものは郵送で申し込む。

るまでに約六十ユーロかかる計算だ。これほどまでに簡単に、そして無意味に金が飛んでいくとは想像もしていなかった。パリはまるで金を飲み込む洞穴のようだ。

パリに行くことは誰にも話さなかった。もう人に会うことがなかったからだ。周囲にパリで暮らした経験のある人はいなかったし、連続して三日以上滞在した人だっていなかった。パリの物価は高いが、それが魅力の一部でもある。人々は一年中絶え間なく犠牲を払い、必死に食費と暖房費を節約して有給休暇中に無駄遣いをする。数日間のばかげた贅沢を自分に許し、日常から逃れる喜びを味わうのだ。貧しい労働者階級の人間も、気がつけばマグネットに五ユーロ、キーホルダーに三十ユーロを払っている。皆、甘すぎるがゆえに美味だと感じるホットチョコレートをテラスで飲むことを自分に許し、プランタン＝オスマン（パリにある高級百貨店）で唯一手が届く高級品、香水を買う。パリではすべてが素晴らしい。経済、政治、歴史、文化の中心地だ。フランスのすべてがエッフェル塔の尻の下に集約されていた。

＊＊＊

オーレリーは電話で伝えられたとおりにカンブロンヌ通りにやって来た。派遣会社の本社ビルは彼女には想像できないほど大きかった。十人くらいの若い女と、額を斜めに横切るように前髪を撫でつけ、眉毛を軽く整えたやや女性的な一人の若い男が、十数ページのアンケートに記入しながら面接に呼ばれるのを待っていた。皆が自分よりもいい服を着ているのを見て、オーレリーは自分が着飾った田舎者のように思えた。アンケートには学歴と職歴を詳細に記入する欄があった。オーレリーの左側にいた女はその欄に何行も書き連ねていて、パリ第八大学で心理学の修士号を取得した、と書いてあるのが読めた。それから基本的な挨拶の英語訳や、仕事にふさわしくない言葉遣いを言い換えるテストもあった。この仕事には特有の専門用語があるのだ。

髪を完璧にセットした三十代の痩せた女がオーレリーを迎えに来た。彼女は腰を振りながら階段を上り、すべての指に一個ずつ金の指輪をはめていた。爪はフレンチネイルにしていて、両手の人差し指の爪には小さく輝く蝶が貼りつけられていた。右の鼻孔と上唇のちょうど真ん中に小さな穴があり、仕事外ではピアスを着けていることがうかがえた。おそらく男の気をそそる下品なタイプで、リアリティ番組を熱心に見ているだろうし、スマートな通勤服からけばけばしくタイトな私服にさっさと着替えるに違いない。彼女はオーレリーをガラス張りの小部屋に案内し、座るように言った。この階には中が丸見えの面接部屋だけが並んでいた。各部屋にパソコンが一台あるが、おそらく意味はないだろう。何せ採用担当者は全員、紙のアンケートしか見ていなかったから。オーレリーを担当する女の名前はヴァネッサ・ポンセロ。社会保険の書類に記入するかのように、まず姓から先に、音節をいちいち区切りながら名乗った。ヴァネッサはオーレリーにざっと会社の説明をした。企業、ホテル、イベントの受付と、電話の取り次ぎ業務における最大手であり、顧客の企業は何よりも受付嬢の質の高さに満足している。受付嬢という言葉はオーレリーには適切には思えなかった。ヴァネッサはおそらくサービス業に多い、新しい世代の名ばかり管理職だ。彼らは教養も創造性もほとんどないが運だけはあって、最低賃金よりはかろうじてましな給料をもらえる中間職に就いていた。

この階層の賃金労働者はしばしば自分のキャリアで頭がいっぱいで、ヒエラルキーのトップを目指してはしごを登るためなら父親も母親も殺しかねない。栄光の三十年間（第二次世界大戦終結後、経済が大きく成長した三十年間を指す）から語り継がれた神話によれば、技能や資格なしに会社の扉を叩き、底辺から働き始めても、何十年後かに退職する時には栄えある肩書きとそこそこの退職金を得られるはずだ。しかし現実にはヴァネッサのような人たちは扉の上にある採光用の小窓から会社に入って来て、出世をしたような錯覚を与えるためだけに作られたポストでくすぶっていた。企業の健全性のためには全くもって不要な存在だ。ヴァネッサと彼女の同僚は、オーレリーが階下ですれ違った社会科学系でバカロレアプラス五年（多くの場合、修士号のこと）の学歴を持つ失業中の若い女性をすぐにでも採用するだろう。

オーレリーは少し話を盛りながら自己紹介をした。事実のみを話せば一文で終わってしまう。〝お金が要るんです〟とは絶対に言えない。常々疑問に思っていた。採用面接で期待に応えて空虚な言葉を並べるのは、ルールや偽善を受け入れられることを証明するための言葉遣いの練習なのか、それとも正しいフランス語で一つのフレーズを言い切ることすらできない採用担当者たちが大真面目に考慮する真の選考テストなのだろうか。「清掃スタッフとして働き、確かなプロ意識が身に付きました。この経験を通して、チームで働くこと、自律的に行動することがどれだけ重要なのかを理解しました……。それでももちろん、常に上司の指示に従うのは当たり前で……」

一人で業務に就く可能性について言及した時、ヴァネッサの三角眉が上がった。オーレリーは通信教育で法律の勉強を続けたいと思っていることを説明した。パリはこの国のあらゆる法律が生まれる地であり、よって授業で学んだ理論を理解するのがより容易だろう、と。パリジャンはうぬぼれが強く、様々な決定がなされる場の近くにいるがために、自分たちはあらゆる立法の過程に参加していると考えるほどだ。まるで国民議会のトイレ係になれば共和国憲法四十九条三項*の適用についての細かな差異をすべて把握できるとか、あるいは女優の妹の家でベビーシッターをしたら、いつかセザール賞（フランス国内で最も権威ある映画賞）を受賞できるとでもいうかのように。

オーレリーは郊外の住所は就職に不利だろうと直感し、十一区のエミール・ルプ通りの住所をでっち上げてあった。さながら市場で台所用品を売る商人のようだ。大げさに媚を売り、ほとんど説得力を持たず、陳腐で派手な言葉をこねくり回し、あからさまかつ雑なレトリックを展開するのだが、それでも驚くほど簡単に客の気を引いてしまう。ヴァネッサはオーレリーが意図的に見せたすべての隙に飛びついた。オーレリーは引っ込み思案で臆病な、思春期を終えたばかりの若い女という役割を完璧に演じた。わずかに高めの声で話し、肩をやや丸め、非常に控えめな笑顔で頬骨を際立たせていた。オーレリーならきっと従順に、つまりプロフェッショナルに、受けた指示をすべて真面目にこなすことだろう。

ポンセロ・ヴァネッサは表情を緩め、さっきよりもずっと自然な調子で口を開いた。もう目の前の若い女を威圧する必要はない。この子は自分を雇ってくれと懇願することもできるだろう。そのシチュエーションは最もヴァネッサの心をくすぐるものだった。この手の若い女は、ヴァネッサが自分の職階を通じて享受したがっているあらゆる正統性を与えてくれる。この会社が募集していたのは、終日待機している緊急出動要員で、各現場を移動する受付嬢だった。これには朝六時から対応可能でないといけない。その時間に会社から連絡が来て勤務地の住所が伝えられ、出勤できない同僚の

＊　緊急性や重大性が認められる場合に議会採決なしに法案を成立させる特例を規定する。

代わりを務めるのだ。よって着替えもヘアメイクも済ませ、すぐに出かけられる準備ができていないとならない。時間節約のため、メトロの乗り換えで走れるようにスニーカーで家を出て、勤務地の近くでリュックの中のパンプスに履き替えるといい。あらゆることがすでに細かく想定されていた。基本給は法に基づく最低賃金で、もちろん残業があれば加算されるし、そのケースは頻繁に発生するだろう。レストランチケットとＲＡＴＰ（パリ交通公団の略称。パリと周辺部の公共交通機関を運営する）の定期券の半額は会社が負担する。それから衣服および美容手当として、月に約十ユーロが支給される。

「簡単な仕事じゃないことは伝えておくわ。やる気が重要よ。でも勉強になるし、人間的に豊かになれるはず。場合によっては９-２、９-３、９-４[*1]に行ってもらうこともある」

ラッパーが始めたこの表現がフランス人の言葉に根付いたことに、オーレリーは毎度驚かされる。彼女は労働者らしい順応主義的環境、七月十四日の革命記念日とアズナブールの歌で彩られたソフトな愛国心の中で育った。バカンスに出発すれば、高速道路で父親と兄弟と一緒にナンバープレートのゲームをして遊んだものだ。[*2]自分が住んでいる県には心からの愛着心を持っていたが、歴史的な成り立ちとは無関係の行政区分でしかないローヌ＝アルプ地域圏[*3]にはさほどの思い入れはない。フランス人の知的怠惰は、ある土地の名前を数字に置き換えてしまうほどで、これは抗しがたい倫理的衰退の兆候であるように思えた。オーレリーの両親はまったく本を読まないがスペルミスをすることは一切ないし、数カ月前に自分たちが投票した男が〝失せろ、惨めなクソ男〟などと暴言を吐いたことには好意的ではなかった。[*4]彼らにとって議員、さらに大統領は、ある程度の威厳ある振る舞い、あるレベルの教養が要求される職務であり、自分たちにその能力があるとは想像することもなかった。消極的で意のままにこき使われる、慇懃で従順で臆病な労働者たちの世界と、自分たちが受け継げたはず

＊1　いずれもパリに接する地域の、郵便番号の最初の二桁をバラして表現している。
＊2　車の中で時間を潰すための、数字やアルファベットを覚える遊び。
＊3　グルノーブルがあるフランス南東部の地域圏。二〇一六年にオーヴェルニュ地域圏と合併した。
＊4　二〇〇八年二月、当時のサルコジ大統領が、パリの国際農業見本市で握手を拒否した一般の男性に吐いた言葉。

のささやかな社会的および知的な品位を急いで捨て去ろうとしているように見える愚かで堕落した中産階級との間で、オーレリーは板挟みになったように感じていた。見方によれば、アレハンドロがコロンビア人に感じていたのと同じ哀れみと軽蔑心を、同国人に対して感じるようになったとも言える。一瞬、彼の黄金色の肉体に対する欲望以上に、自分を彼に結びつけていたものすべてを思い出し、オーレリーは恐ろしいほどの孤独を覚えた。

＊＊＊

疲れきったある午後のこと。オーレリーがバルベスの格安スーパーパーウーデーから帰路についていると、レジ袋が缶詰の重みに耐えきれずに破れてしまった。ロマの集団がここぞとばかりに缶詰を拾って走り去り、残った品物を運ぶのを手伝ってくれる人は誰もいなかった。ユースホステルに帰り着くと、彼女は買ってきたものを荷物置き場にしまった。百メートル先にあるスーパーに行くのも面倒くさがる疲れた観光客にくすねられないためだ。荷物置き場のロッカーを開けるたびに二ユーロコインを一枚失う。キッチンを使えなかったので、食べるのは冷たいものばかりだった。オーレリーが送っているのは金がかかる過酷なキャンプ生活だ。彼女はまだ一つの美術館も訪れていない。

オーレリーは職にありつくまでの最速記録を破り、面接後の翌月曜には緊急出動要員としての初日を迎えた。会社が支給するH&Mよりもほんの少しましな飾り気のないスーツはすでに引き取ってあった。下ろしたままの髪や手入れをしていない爪は職業上の落ち度と見なされる。無期雇用契約《CDI》を結ぶまでの二カ月は試用期間だ。朝六時から対応できるように五時半に起き、共同洗面所のひびの入った鏡を見ながら化粧をしたが、隣ではナイトクラブから帰ってきたドイツ人観光客たちがメイクを落としていた。それから音を立てないように大部屋で着替えた。前夜はオーレリーのほかに二人がこの部屋に泊まったが、彼女たちの名前や国籍を尋ねる努力はしなかった。英語がとても苦手だったし、パリにいたら愛想は良くならないことに、すでに気がついていた。ここに着いて一週間も経たないが、彼女は早くも疲れきっていた。

9

早朝の電車に乗り合わせる面々の表情は悲しげで、顔は青白く、目はたるみ、両手は透明なプラスチックの箱に入ったクロワッサンか紙パックのフルーツジュースの上で力なく閉じられている。車内の明かりがやつれた輪郭とこわばった顎を浮かび上がらせる。この群衆は乗り換え駅に着くと生気を取り戻し、通路を駆け抜ける。遅刻を恐れ、疲弊した体で先を急ぐのだ。チェーンのパン屋の売り子、皿洗い、清掃員、調理師、整備士、保育士、託児所の保育助手、看護師、学生、キオスクの店員、配達員が自分たちの役割を引き受け、人々のためにエプロンを巻いて仕事に取り掛かるために静かに移動する。彼らはパリという劇場のプロンプターたちだ。かなり遠方から来る人もいる。早朝に起きる彼らにとって、朝六時のメトロは目的地に行くために最後に乗る交通機関だ。今の時代、自宅から職場までの道のりは百キロメートル近くに及ぶこともある。オーレリーは数日前、オワーズ県にあるアパートの賃貸情報を見つけた。オワーズはパリの〝四番目の冠〟[*1]として紹介されていた。サン＝ラザール駅（パリの主要ターミナル駅の一つ）から六十キロの場所にあり、管理費込みで月にわずか五百八十ユーロというこの二部屋のアパートの情報を見つけたのは、ほとんど例外的なことだった。

ラ・デファンス[*2]に着くと、オーレリーは上を見上げて送られてきた住所の建物を探した。ベランジェールが送ってきた住所は役に立たなかった。通りや広場の名前の表示が一切ないのだ。地区の名前はラ・デファンスで間違いないが、各通りの名前を把握しているのは郵便局だけだ。通行人は皆急いでいて、誰にも聞くことができなかっ

＊1　パリに隣接する周辺三県を指す通称〝小さな冠〈petite couronne〉〟からさらに離れていることを表す。

＊2　パリ市に隣接する都市再開発地区で、高層ビルが立ち並ぶビジネス街。

た。彼女は業務開始の数分前に巨大な建物の中にある非常に小さな受付カウンターにたどり着き、あわてて雇用主の自動応答サーバーに電話をかけ、出勤の記録を付けた。月に二十三ユーロの皆勤手当を受け取るためだ。

周囲を一瞥しただけで、オーレリーはこの仕事が必要不可欠なものだと理解した。従業員たちはIDカードをかざせば建物に入れるが、空っぽの受付ロビーは想像できないし、あまりに不安をかき立てる。受付係はきちんとした身なりをして、笑顔を絶やさず、人が通るたびに必ず挨拶をする。ヨーロッパの観光地の路上によくいるアコーデオン奏者のようなもので、黒いブレザーが受付係たちの民族衣装だ。オーレリーに数分間で仕事内容を説明したのは二人の子供がいる三十代の女性で、マダガスカル出身のタミル人だった。この女性はパートタイムで働いており、普段はこの日オーレリーが代わりを務めるベルトランという男性と組んでいた。この仕事のスケジュールなら娘たちを学校に迎えに行き、夕食の準備をするのに十分な時間を確保できる。彼女は義母、夫、子供たちとクリシー（パリの北に隣接する地区）にある二部屋のアパートに住んでいた。広さを諦め、平穏で人通りの多い郊外での生活を選んだのだ。一つしかない寝室で義母が眠り、ほかの四人は居間の二段ベッドで寝ていた。近く思春期を迎える娘たちのことを考えるとこのままでは問題だろうし、夫婦生活は完全に失われていた。

「ひどいとは思うけど、死んでくれたら楽になるのにって考えることもあるわね。故郷《くに》では老いた親の面倒を家で見るのは普通のことだし、狭い場所で積み重なるようにして暮らすのも苦じゃないけど、ここではね……。子供たちはスポーツや音楽をやりたがるし、片付ける場所もないのに大量のおもちゃを持ってる、そんな暮らしが普通でしょ。宿題をするためのちゃんとしたスペースがなければ、落第する恐れがあるとか言われる。経済的な不安定さって、たとえ自分が選択したことだとしても、人には受け入れてもらえないのよ。快適な暮らしをするよう求められるし、それが権利だって言うの。何でもかんでも権利よ。権利しかない。だけどね、いくら古着を買ったり、スーパーで安いものを選んだり、映画館に行くのを控えたりしたって切り抜けられない。私の給料は家賃ですべて飛んでっちゃう。夫は夜に働いてるんだけど、職場の食料品店は毎日夕方六時から夜二時まで営業してるから、彼の顔なんて全然見てない。車も売った。夫が娘たちの将来のために必死で働いているのは分かるけど、学費やら免許の取得費用やら、あの子たちが家を借りる時の保証金やらが足りなかったら、どんな将来になる？　故郷の家族にだって会ってない。最後にマダガスカルに帰ったのは七年前よ。飛行機代を貯めるのだって一苦労なんだから」

「ここで勉強して、故郷に帰ったらすべてを変えてやろうって気概でいた友達はたくさんいた。みんなヨーロッパで学位を取ったあと、アフリカに帰って政治家になるか、非営利団体を作ろうと思ってたの。でも諦めが勝った。帰国するよりここで警備員や家政婦として働くほうがいいってこと。フランスでは貧乏人でも洗濯機を持ってるし、病院はタダでしょ。なのに帰国して物事を変えようだなんて……。批判はしないわよ。すごくよく理解できる。ここではボタンを押せば電気が点くし、バスは時間どおりに出発して、時間どおりに着く。故郷に帰ると子供たちが飛びついてきて、いとこたちは国を横断してまでやって来てお金を無心する。一族郎党すべての面倒を見る責任があるような気持ちで飛行機から降り立つの。道路はめちゃくちゃだし、政治は十年経っても変わらない。テレビでバラエティ番組を見ては憐れむ。一日に何度も起こる停電も我慢できない。仕事がないからって何もしないで、一日中でも座って過ごせる人たちが目に入る。こんなの見てたら頭がおかしくなるわよ。自分でも気づかないうちに欧州化されてるの。自分の国を第三世界だと見なして憐れみ、恥ずかしがる。子供時代の思い出から一万キロも離れた場所で出産して、子供たちは私の母国語を理解できない。どこにいてもよそ者なのよ。私が完全なフランス人になることは決してないけど、子供たちはもうフランス人なの」

彼女はオーレリーに訪問客のＩＤカードを作成するためのソフトウェアを見せた。姓、名、日付を入力し、小さいボックスにチェックを入れれば印刷が始まる。訪問客が担保として預け、退館する際に回収する身分証は、アルファベット順に分類するための小さな仕切りが付いたプラスチック製の箱の中に保管する。カードに印刷されたバーコードをかざせばセキュリティゲートが開く。時にはエレベーターを動かすための暗証番号を伝えなければならない。典型的な英語のフレーズが書かれたメモは、電話の横に置かれた大きなバインダーのクリアポケットの中に大切にしまわれていた。皆直通の番号に電話をかけるから、電話が鳴ることはほとんどない。受付係は勤務中は飲食禁止で、読書も私物を持ち込むことも許されない。たまに現場の管理者が抜き打ちでやって来て、規則違反をしていないか、爪と服装が清潔かどうかをチェックしていくことがある。ジーンズ姿で勤務すれば戒告処分となり、記録に残される可能性がある。派遣会社は模範実務憲章に署名しており、ＩＳＯ認証を受けていた。受付嬢は皆非の打ちどころがなく、爪の付け根の甘皮までプロフェッショナルでなければいけない。

初日の午前中を終えて、オーレリーはばからしさと恥ずかしさで耐えがたい気持ちになった。彼女の仕事は笑顔でいること、それから誰かが自分にタクシーの予約を頼んでくれるように期待することだった。タクシー会社の電話番号は電話機にあらかじめ登録されていた。与えられた仕事の中で最も偽善的なのは、忙しそうに振る舞うことだ。受付嬢には何の仕事も割り当てられていないが、何もしていないのに金をもらう人間の存在は顧客に非常に悪い印象を与える。よってネット接続のないパソコンの前に座り、熱心に仕事をしているかのような真面目な顔をして延々とソリティアをプレーするか、バインダーを開いて何かしらの書類を探すふりをするか、時報に電話をかけて、電話中のふりをするしかない。オーレリーが雇用センターで見つけて応募したこの職の求人情報によれば、バカロレア以上の学歴が必須条件となっていた。

昼休み、オーレリーはポム・ド・パン（サンドイッチのチェーン店）でチキンサンドイッチと緑野菜のスムージーの小ボトルを買った。ラベルを読むと、原材料はりんごとオレンジの濃縮果汁がほとんどで、ほうれん草とブロッコリーの割合は五パーセント以下だった。二つ合わせて八ユーロ。流通している大半のレストランチケットの金額に合わせて計算された料金だ。仕事は眠気との戦いだった。一日中無為に過ごすために夜明けと共に起床したのだ。清掃員の男たちがラ・デファンスの南遊歩道の階段や低い塀に沿って歩き、紙コップやプラスチックの包装をトングで拾っていく。金融や保険業界で働く人たちや、ヨーロッパ最大のビジネス地区に本社を構えた企業に勤める大勢の従業員たちが残していったものだ。

受付ロビーは過剰に明るかった。汚れひとつなく、光を反射しているタイル張りの床を、急ぐ男たちがよく磨かれたスクエアトゥの靴のかかとで音を立てて歩いていく。女たちは髪を引っ詰めるか、ブローで毛先に巨大なカールを作り、化粧は軽め。エネルギッシュな管理職たちはこれまた四角い革のバッグを持っていた。通り過ぎる人々がまとう雰囲気からは揺るぎない自信が感じられ、その力強い歩調が、彼らには重要な用事があることを示していた。オーレリーは両親や故郷の友人たちに、この種のリズムを感じたことも、見たこともなかった。彼らは何かの決定を下す立場にないし、世界は手の届かないところにあって、考えの及ぶ範囲はせいぜい県境まで。そして着ている洋服は、彼らが消費する食品の包装と同様、石油化学産業から生まれたものだ。

あらゆる民族の若者の顔を並べた巨大なポスターが幸せなグローバリゼーションを大いに宣伝している。広告主は世界百五十カ国以上に展開している企業だ。ロビーのあちこちに点在するプラズマスクリーンには楽観的な英語のスローガンが白抜きの大文字で表示されていて、それぞれが太陽が照らすリオ・デ・ジャネイロ、上海の夜景、ニューヨークの雪景色、それからライトアップされたエッフェル塔の映像を流し続けている。オーレリーは午後は一人で持ち場についた。背筋を伸ばして椅子に座るとカウンターから頭だけが飛び出し、両側にある二つの生け花がまるで額縁のように彼女の顔を囲った。ロ、ー、コ、ス、トのスーツが窮屈に感じられた。メイクは崩れ、中国人が経営する問屋で買った安物のマスカラのせいでまぶたが腫れている。こんな身なりの自分が惨めだった。この広い宮廷で、自分が場違いな存在だということは分かっている。オーレリーは手違いで招かれたのだ。電話先の両親は盛り上がっていた。娘がラ・デファンスで働いている。彼らの思考はそこで止まるのだ。ヒルトン・ホテルのトイレを磨いていようが構わない。大切なのは職場の名前であり、それだけで自尊心を膨ませられる。オーレリーは人口千二百万人の街で孤独だった。

10

アラームが鳴るのが怖くて目覚まし時計よりも先に起きる。ねとねとした口、喉の痛み、寝不足からくるごく軽い偏頭痛、腫れて熱を持った目を感じ、携帯電話の明かりで着替え、観光客のいびきと廊下の蛍光灯の雑音を聞いて、適当に化粧をして、手洗いした半乾きの下着を身に着け、スーツ姿でスニーカーを履き、合皮のパンプスをリュックに入れる。寒さに耐えて眠り、震えながら服を脱ぎ、冬の寒さから守ってくれない安売りの上品さを身にまとう。音を立てないように出かけ、まだ暗い街を早足で歩き、メトロの駅に着いてパス・ナヴィゴをタッチし、手垢だらけのゲートを指先で押して、タイル張りの壁に貼られた広告を観察する。水漏れが付けた茶色い筋、たった三十九ユーロ九十九サンチームで旅に出よう、税別料金、針金のように細い金髪の若い女が着るＨ＆Ｍのビキニのトップス、ヤシの木、海岸、クレタ島へのパック旅行。果物を売る人、海賊版ＤＶＤを売る人、ラミネート加工をしたポスターを売る人の間をすり抜けて、息を止める、耐えられないほどの悪臭だ。車内の明かりに目を細め、走る、とにかく乗り換え電車に遅れてはならない、携帯の電波が入るのを待ち構え、その日の現場の住所をＳＭＳで受信し、責任者のスペルミスを見つける。広告が提案するのは、郊外の倉庫スペースのレンタル、税金控除が受けられる家庭教師、個人宅向けの明るいメイドの派遣サービス。英語の集中クラスの広告では、スーツ姿の二人の男が握手をしている。

オーレリーがパリにきて二カ月と少しが過ぎた。試用期間を無事に終了し、これで家探しという難局に飛び込める。この二カ月の間に、八区にある名高い法律事務所、ランジス（パリ郊外の街）にある大手量販店のコールセンター、有名な美術館、様々な企業の本社、映像制作会社の各拠点で受付業務をこなした。バス、トランシリアン（郊外の鉄道網）、メトロを使ってパリと周辺三県を駆け回った。往復に四時間かかることもあったが、移動時間に給与は支払われない。オーレリーはやつれ、二回もスーツのサイズを変えなければならなかった。食生活は不健康かつ不規則で、食べる物といえばプラスチック容器に入ったキャロット・ラペと、チキンの成型肉かカニカマを挟んだサンドイッチばかりだ。貧血かどうかを調べるために血液検査を受けることを母親に約束していたが、検査機関の受付時間は勤務時間と重なっているし、行ったとしても医療秘書は医者の指示書を見せろと言うだろう。オーレリーは医療保険一次金庫《CPAM》で手続きを行っておらず、パリにかかりつけ医がいない。手続きをするならインターネットカフェに行って、書類をプリントアウトしなければならなかった。一日がかりだ。

オーレリーは自分が目覚める時間にはすでに働いている道路清掃人、溶接工、建設作業員、トイレの管理人、バスの運転手、無料新聞の配布員たちと心が繋がっている気がしていた。オーレリーのスーツが彼らとの間に距離を作っていたが、よそ行きで働く最低賃金労働者たちも大勢いるのだ、と理解してもらうのは難しいだろう。しかし労働者や、彼らと同等とされる人々にはさっぱり違いが分からないとしても、当事者たちにとっては衣服の質の違いは一目瞭然だ。オーレリーは電話口での完璧な口調を習得し、上司が要求するにこやかな声を身に着け、より高級な場所に派遣されることを想定してロシア語と中国語の単語をいくつか覚えた。この不条理な仕事において、ある種の完全形に到達していた。時間を守り、笑顔を絶やさず、代表電話の応対を担当する時は電話の受付票にきちんとチェックを入れる。工場で働く父親のように、オーレリーもまた控えめで常に使える良き従業員だった。育ちが良かったのだ。様々な職場のあらゆる記号や業界用語も吸収した。ＮＲは着信、ＭＰは転送電話、ＪＭはオペレーターの応答なしの自動電話。こういった記号のおかげで、単調でほとんど知能を使わない仕事を多少複雑にすることができた。受付嬢の中には、自分の役割を大真面目に捉えて、責任に押しつぶされそうになっている人もいる。オーレリーはすでに気がついていた。たいした価値のない低レベルの仕事をあまりに長く続けている人たちは自分の役割を過大評価する傾向があり、自分が必要不可欠な存在だと感じたい、何も分からない新人たちを自分の支配下に置きたいという欲求を抱えていて、この新人たちがぺてんのような雇用契約にサインしてしまったことに早い段階で気づくことを恐れているのだ。

週末は正午過ぎに起き出し、人混みを避けようと近郊に出かけることもある。フォンテーヌブローとヴェルサイユはすでに訪れた。文化遺産は美しく、オーレリーがそれまで見たことのなかった荘厳で強大なフランスのイメージを映し出していた。保護されたフランス、そのワインとチーズ、丘陵地と沿岸地帯、ファッション、洗練が、文化変容を受け入れたアメリカ人と中国人を興奮させる。一方でフランス人はといえば、アンダルシア産のトマトと安物のチーズばかりを食べていて、世界一観光客が集まる国に住みながら、気づかぬうちにこの博物館の番人に成り下がっていた。

オーレリーはヴァンセンヌの森を散歩するのが好きだった。この都市化された自然のポケットの中にいると、緑に囲まれている気になれたのだ。時には仕事仲間とコーヒーを片手にたわいもない話をすることもある。彼らはスターバックスのドリンクを写真に撮ってはSNSに投稿していた。夜はバスティーユのロック・バー、〈レ・フュリユー〉に一晩中居座って宿代を浮かす。本を一冊持って、店の奥の古びた赤いソファに座るのがお気に入りだ。人々はオーレリーに気軽に話しかけてくるし、そこでの人付き合いは面食らうほど容易いものだった。楽しい会話のお礼にと、何杯ものビールを奢ってもらえる。グルノーブルでは人との接触はすぐにいやらしいほのめかしや、性欲に満ちた目つき、ねっとりとした声色へと続いたものだが、パリジャンたちは神経質なまでに話すこと、それ自体を欲していた。話題は仕事のことが多い。彼らはすぐに自分たちの生活が不条理なものであると認めるものの、誰もこの街を離れることは考えない。地方の退屈さと、そのスローペースを恐れているのだ。とはいえパリ住まいだからといって展覧会に行ったり、文化的なイベントに参加したりすることはめったにない。会話は時に非常に表面的なものになる。特に旅行中の学生相手ではその傾向が強かった。彼らはハイキング用のバックパックを背負い、街歩き用のスニーカーを履いていて、数日伸ばしたひげはよく手入れされていた。ほとんどがエンジニア、医者、軍人を親に持ち、裕福なパリ近郊のイヴリーヌや、パリジャンがまずまずだと認める地方の出身だ。オート＝サヴォワ、大西洋沿岸部、プロヴァンスの内陸部、ブルターニュの海岸地域、パリから一時間で行けるノルマンディー。彼らに言わせればパリは古臭く、ロンドンよりも退屈で物価も高すぎる。しかしフランスで唯一彼らのお眼鏡にかなう街がパリなのだ。悪い人たちではないが、オーレリーは自分がこういう連中と同じ国で育ったとは思えなかった。彼らは授業後にアルバイトをする必要もなく、驚くほど簡単に研修先を見つけられるし、二十五歳になってもまだ学生で、すでに十カ国ほどを旅している。労働組合員を見下し、コスモポリタニズムが世界に広まることを夢見ているが、〝アラブ〟は〝ゴロツキ〟だし、〝ロマ〟は〝泥棒〟だ。LGBT差別と闘うそぶりを見せ、経済的自由主義のメリットを称賛し、フランスはソ連崩壊後の旧構成国のごとく崩壊の一途をたどっていると考え、社会党に票を入れる。

一夜限りの友人たちは、少しも気兼ねすることなく、オーレリーよりずっと多く話す。そしてほとんどの場合、オーレリーの名前も聞かずに、価格以上の素晴らしい性交をしたかのごとく、彼女に感謝し、気持ちを楽にして去っていく。オーレリーは彼らの話を聞くこと、彼らが本心を打ち明ける瞬間を楽しんでいた。彼らと視線を交わすことが好きだったし、学生がやりたくもないのに勉強していると白状し、管理職が給料に見合った仕事をしていないと認め、教師が仕事量についていけないと告白し、ITエンジニアが好きでもない世界の管理者となってしまい、不本意ながら貢献していることを認める瞬間に到達するのが好きだった。こういったエンジニアたちは週末にはパソコンを放置して市場で買い物をしたり、古い本を読んだり、中心地から離れた店に通ったり、自動車整備や編み物の教室に通ったりして、経験と手を使う実践的な知識に飢え、手工芸品と、ネット上では伝達されない感覚を絶えず探し求めていた。バーチャルな生活にうんざりしている彼らは、一晩の、生身の友達を求めてやって来る。オーレリーは無口でいるか、今までの人生すべてを書き直して語り、決して年齢は明かさない。こういった出会いはすべて、茶番を演じる機会でもあった。何より出会った人々の人生経験を参考にしたり、旅行先での小話を聞いたり、時には彼らの子供の写真を見たりするのが好きだった。平日にすれ違っても一切彼女の心を動かさない人々が、ほんのわずかな瞬間に本心を見せることがあり、理由は正確には説明できないが彼女はそれに感動する。そしてメトロに乗る際に宿っていた敵意が、素直な同情心、思いやり、そして心の軽さにその場所を譲るのだ。オーレリーはそのことに驚いていた。

バーの閉店時間になると、彼女は宿を請う。極小の二部屋のアパートの棚には、それまでの人生すべてが積み重ねられ、閉鎖的なスペースが最大限に活用されていて、一センチメートルたりとも無駄がない。家主がソファベッドを広げると、オーレリーは化粧をしたまま、やや汚れた体を横たえる。服は着たままだし、翌朝早くに出ていきたくて、ろくに眠れない。人の家でシャワーを浴びたり、朝食を一緒に食べたりしたくなかったし、家主たちが自分たちのベッドに彼女を招かず、親密さに一線を引いたことを気にして、翌日に気まずそうな顔をするのを見たくないからだ。何せ彼らは数時間前にこういう状況を嫌悪感たっぷりに批判し倒していたのだから。オーレリーは感謝の言葉をメモに残して、爪先立ちで家を出る。

11

平日にはアパルトマン探しの時間はほとんどない。二十平方メートルを超える賃貸物件の情報は非常に珍しかったが、オーレリーは〝アパルトマン〟という言葉にこだわっていた。その日に割り当てられた現場でパソコンがインターネットに繋がる場合は、〈パルティキュリエ・ア・パルティキュリエ〉（大家が直接物件情報を掲載するウェブサイト）のサイトを閲覧し、昼休みに連絡するために電話番号をノートにメモするが、どんな不動産も情報公開後一時間で借り手が決まってしまう。一カ月間熱心に家探しを続けた結果、彼女が持つ唯一の高級品であるモレスキンのノートはすでにメモで真っ黒になってしまった。土日の物件見学も続けているが、実を結ばない。

物件見学は参加するというより居合わせる、という言葉が近かった。見学は最低十人のグループで行われ、ほぼ一平方メートルに一人がいるような計算だ。話の内容はしばしば仲介料と保証金の支払いについてだが、怪しげな不動産会社の法外な仲介料はよく問題になるし、家賃二ヵ月分の保証金を入居前に支払うのはすっかり黙認されているものの違法だ。応募者の中に大学の交換留学で一学期のみ滞在する留学生がいれば優先される。家主はこういう支払いをケチらず、すぐに入れ替わる借家人を好むのだ。オーレリーは共同トイレ付きの屋根裏部屋を何軒も見学した。十八区マルティル通りにある建物の、十三平方メートルの部屋へと続く階段は一人が通るのにもやっとの狭さで、見学者は皆、えぐれた階段を横歩きで上った。ペンシルスカートを穿いた五十代の血の気のない女が、ボヘミアン的な生活のメリットを称賛しながら説明した。部屋にはシャワーがないので、幸運な入居者は水道の蛇口にホースを付けて、部屋の真ん中にある大きなたらいの中で体を洗うことになる。自分が子供の頃は皆そうやって体を洗ったものだ、女はプロフェッショナルな作り笑いを浮かべてそう付け加えた。パリの家賃一ヵ月分ほどの値段の靴を履くこの女は、この四十年近く本物の浴室なしで暮らしたことはなかっただろうし、絶望で打ちのめされた給与所得者たちに紹介しているこの部屋で暮らすくらいなら死んだほうがましだと思っていたに違いない。不動産市場はとんでもない物件を法外な値で貸す悪徳大家に有利どころかそれ以上で、ネットの掲示板を通して、地下倉庫やガレージまでが住居用として秘密裏に貸し借りされているほどだった。

オーレリーの両親は非課税世帯だ。彼女が用意できる書類は少なく、最低賃金をわずかに上回る給与明細が三枚しかない。大家が好感を持つような一流の学校に通うためにパリに来たのでもないし、地位のある友人も、十分な収入のある保証人も、莫大な財産を持つ祖父母もいない。電話口で求められる書類は、物件によって異なる。オーレリーは一部の人々に倒錯した覗き見的な趣味があるのではないかと勘ぐり、そのうち婦人科医による健康証明書や、母親の洗礼証明書を求められてもおかしくないと思った。パリの不動産市場には一切の検査が入らず、フランスで唯一、あらゆる規制が完全に撤廃された無政府状態とすら言える領域となっていた。この街はオーレリーの労働力を必要としているが、彼女を懐に受け入れることは望んでいない。この灰色の、悲しく古風な街は、特権階級の人々が生活する場なのだ。家を借りるには少なくとも家賃の三倍の給料を稼いでいないとならない。家賃の平均は、フォンテーヌの家の子供部屋と同等の広さで五百ユーロ、管理費は別だ。

オーレリーは郊外の物件で我慢することに決め、フォントネー＝オー＝ローズ（パリの南西にある郊外の街）に行き、RER（パリ市内とイル＝ド＝フランス地域圏の各地を結ぶ鉄道網）の駅から徒歩二十分の場所にある大きな一軒家の中の貸し部屋を見学した。部屋の広さは九平方メートル、収納や棚はなく、家具は自分で揃える必要があった。見学時に住んでいた入居者は服を段ボール箱にしまい、下着をラジエーターの上で乾かし、積み重ねた本をナイトテーブル代わりにしていた。小さな部屋を一台のベッドが占領していて、動けるのはその周囲の狭い空間だけ。ドアを開けるには床に直接置かれた授業のファイルをどける必要があった。家賃は月三百九十ユーロで、保証金は八百ユーロ弱。一階のバスルームにあるシャワー室のガラスの引き戸は水垢で汚れ、湿ってカビの生えたバスタオルが共有のバスマットとして置かれていた。洗面台の上の鏡は黄ばんでひびが入り、シンクには入居者が歯磨き粉を吐き出した跡が流されないまま残っていて、物干し用の紐がバスルームを横切っていた。共用キッチンに冷蔵庫は一台しかなく、そこに六人の入居者が食料を保管しているが、大家は盗難の責任は負わない。過去の入居者たちのゴタゴタがあってから、今では自室で食料品を保管することも認められていた。それぞれが自分の食器を持っており、食事の準備をしたあとはキッチンをきれいにしなければならない。トイレも六人の入居者との共用だった。

大家は両親から相続した一軒家をこんなふうに賃貸に出し、彼自身は妻と子供たちと共にボース（フランス中部にある自然地理区分名。フランス有数の穀物地帯）に住んで、パリを毛嫌いしていた。この貸家には入居者全員が入れる小さな庭があった。一瞥するだけで数十年前のこの家の様子が想像できる。首都から数キロ離れた田舎のうさぎ小屋、にわとり小屋、ごく小さな菜園、本物の家族、まだ人間らしかった生活。

家族の居場所はもうない。生活の場は殺伐としたものになり、パリを出るにも一時間はかかる。鉄道、ゴミの分別センター、下水処理場、繁華街がかつての公園や畑を占領し、河川は汚染され、空気も息ができたもんじゃない。パリをヨーロッパの美しい街と見なすことができるのは、シックな感動を求める東京人と中国のニューリッチぐらいだ。もはや魅力も文化もなく、あるのは多国籍企業のチェーン店、西洋の大都市にお決まりの十年来演目が変わらない悪趣味なコメディ・ミュージカル、電話の保留音で聞くようなクラシックのコンサート、神聖な史跡でのセルフィー。パリは一体何から活力を得ているのか？　この非現実的な生活は何なのか？　過去数世紀の遺産からくすねられた威信によってこの闘技場に留められ、絶望で打ちのめされている住民とは何者なのだろうか？　こういったストレスのすべて、交差するメトロの路線、近郊都市を結ぶ果てしない鉄道網、もはや近隣諸県にまで広がった〝郊外〟、約一千万人の住民も、もはやこの大規模な団地の総体に魂を与えるのに十分ではない。この街は巨大な多国籍企業グループの一支部となり、人々は世界のどの巨大都市に住むのと何ら変わらない暮らしを送っていた。

オーレリーは理解した。もはや否定できない。彼女は社会の愚かさと諦めのために犠牲になったのだ。屈辱的に低い地位で働き、六時間以上の連続した睡眠を許されず、爪を整えること、工員のように勤務時間を電話で記録することを求められ、作業や成果物の質を絶え間なくチェックされ、マネージメントの専門用語に一生耐え忍び、入れ替わりの激しい上司の監視下で薄給のポストに甘んじながら老いる。そんな環境でも仕事からは抜け出せないだろう。威張りくさった現場監督に指図されながら何十年も工場に勤めた父と同じだ。オーレリーが属する階層にとって、野心とは長所ではなく、夢物語や酔狂にすぎず、彼女が持つべきものではない。あらゆる進化の可能性を考えることを止めるべきであり、人はこれを謙虚だとか理性という言葉で形容するだろう。必死に働いても給料は非衛生的な住居のために飛んでいくだろうし、いつまで経ってもプラスチックで包装された加工食品ばかりを食べることだろう。口にするものは味気なく、ビタミンも失われていて、もう読書もしなくなる。疲れ果てて帰宅したらリアリティ番組や、出来の悪いやたら深刻なフィクション映画をむさぼるように見るのだ。雇用主に対して自分の人件費がかさんでいることを恥じながら右派に投票し、政治家の生活水準を当然だと思い、エリートたちが富をひけらかすことについては金を持っていることは恥じることではないし、貧乏人を食わせるためには金持ちが必要だと言って擁護し、左派とその仲間を「デモをするより働けばいいのに」と強く非難するようになるだろう。

オーレリーは愛国的な態度を取るようになるだろうが、その動機に健全な誇りや土地への愛着、文化的な帰属意識は一切関係なく、ただ変化に対する神経症的な恐れが理由となる――〝私が行くスーパーでブルカは見たくない〟。恋はせずとも馴れ合いでばかな男と暮らすだろう。情熱にはエネルギーが必要だが、エネルギーは年々失われていくものだ。オーレリーの男は永遠に臨時雇いの仕事を繰り返し、彼女は無期雇用《CDI》契約で電話交換手として国道沿いの協議整備区域《Zac》（都市開発に指定された区域のこと）に建てられたプレハブの中で働き、活気に満ちたプロフェッショナルな口調で飽くことなく同じフレーズを繰り返し、オフィス用家具、二重窓、電動工具、割引料金で受けられる各種講座を売りつけることだろう。その会話はお客様の満足度を評価するために録音される。上司が手にするわずかな賞与のために常に優れた成績を求められるが、この上司もまた、地域の管轄マネージャーからのプレッシャーに耐えているはずだ。オーレリーは決してお客様のためには働かない。サービス提供者側のために働くのだ。後者は取引先と高額な契約を結ぶが、最終的に彼女が受け取るのは契約金額の十分の一にすぎない。これが第三次産業の労働者だ。バカンスにもなかなか行けず、付き合うのは同僚ばかりになる。

自分が結婚して母親になれるとは思えなかった。愛され、求められ、再び肉体への欲求を感じたいという誰にも言えない願望は残っていたが、同世代の男たちはこの幸せをもたらしてくれないだろうと分かっていた。ポルノを浴びるように見て、気軽な楽しみとハメを外す若者のイメージに取り憑かれている男たちにとって、誰かとカップルになるのは最後の選択肢だ。彼らは女性をものにすべき商品として見ていた。消費者としての欲望、修正された写真を使った広告によって刷り込まれた願望にかなうべき商品だ。ワイルドだが計算されたヘアスタイル、女性らしい丸みのない締まった体、硬い腹筋、無毛の恥骨、巨大だが垂れない乳房。完璧な女とは、ポルノ業界が男たちに植え付けたあらゆるファンタズムを疑問視せず受け入れるアダルト女優なのだ。オーレリーは、自分に断りもせず、彼女の肛門が第二の膣でもあるかのようにアナルセックスをしようとした最初の惨めたらしい恋人との経験でそれを理解していた。あの男も多くの男と同様に、幼女の性器に幻想を抱いていた。価値観の倒錯的な反転によって無毛の性器は成熟した性行為の絶対的なシンボルとなっているが、それは男の一方的な欲望に応えているだけにすぎない。何百万人もの男が心の中で、子供のような性器、顔面への射精、それからアナルセックスは何よりも個人的な嗜好であり、ポルノ映画は自分たちの想像力に一切の影響を与えていないと強く信じていた。

男たちの何かがオーレリーに嫌悪感を催させた。思春期を迎えると同時に、いやらしい視線を我慢しなければならなかったことが思い出される。同級生の男親たちがタンクトップの下で膨らみ出した彼女の胸を見ていたのだ。初めてブラジャーを着用したのは必要に迫られたからではない。三倍も年齢が離れた男たちに見られて硬くなる乳首を隠すためだった。彼らが自分の子供と同じ年齢の少女をじろじろ見ることを控えるはずもなく、彼女が対応し、隠さなければならなかったのだ。十二歳の少女の性的なポテンシャルを認識することは小児性愛ではないが、極めて複雑なエロティシズムの一つの形だった。

数カ月前、オーレリーはアレハンドロに形式的なメールを送っていた。二人の間には強烈で真摯な何かがあったと思っていたのに、返事は来なかった。アレハンドロと愛を交わす時に見えた光景がまだはっきりと目に浮かぶ。彼の目は燃えていた。愛情ではなく欲望に満ちた目だ。男たちが美辞麗句を並べ立てるのは相手を愛していると か、恋をしているからではなく、誰かの体の中に侵入したいという欲求でぞくぞくしているからだ。この明白な事実がようやく分かった。遺伝的に一人の女性だけを愛するようにできていないとか、嘘をつく才能があるとか、二重生活を送るエネルギーがあるとかの、男のセックスへの執着を表す決まり文句はよく聞いてきたが、オーレリーはこういうのはすべて傷ついた女たちが広めてきた伝説であることを期待していた。男の愛は確かに存在するはずだ。でもそれは非常に不安定で、間違いなく非常に脆いものであり、家庭を築きそれを維持するという社会的な義務に縛られなくなった今、たった一世代の間にほとんど消えてなくなってしまった。

女たちはどうかというと、彼女たちが唯一無二だと考える男、自分に快感を与えることができるただ一人の男のためならいつだって死ぬ覚悟でいる。男たちは女たちを自由にできる存在だと考えているから、女たちは同族よりも欲望をかき立てる存在になるために、より美しく、より細く、より引き締まった体を手に入れようと闘わなければならない。動物界とは逆で、オスが種の保存を約束してくれるメスを手に入れようと奮闘するのではなく、メスのほうが必死にならなければならないのだ――生殖とは無関係のセックスをして、自分の体の中にオスを迎える栄誉を授かるために。この逆転した状況を利用し、市場関係者たちは女性の身体を絶え間なく改造することだけに特化した商品やサービスで記録的な利益を上げている。使い捨てカミソリ、サロンでの光脱毛、ストレートアイロン、カールアイロン、ウェーブアイロン、ヘアエクステンション、付け爪、付けまつ毛、プッシュアップブラ、Tバック、タンガ、巧みな広告キャンペーンによって品があると錯覚される売春婦みたいな下着、常軌を逸した性行為をエロい、いゲームへと昇華させる様々な中国製の小道具セット、セルライトを解消するマッサージ用手袋、太ももへのカフェイン注射、眉間の皺へのボツリヌストキシン注射、毛髪用の化学染料、BBクリーム、CCクリーム、ファンデーション、プライマー、チーク、アイシャドー、マットな口紅、パールが入った口紅、グロッシーな口紅。レーザーでムダ毛を焼く先端技術、非常に高額な乳房形成術に脂肪吸引、そしてジム通い。

オーレリーは若くてまだ先が長い。これは彼女にとって喜ばしいことではなかった。死んだあとに来世があるだろうかなどという、神秘的な妄想にふけることはないだろう。考えるのは死ぬ前の人生についてだ。

12

アレハンドロは恋人を持つ余裕がなく、勉学と将来の計画に集中したいと望んでいた。オーレリーは心とはうらはらに彼の自己中心的な性格を一種の美徳のように感じ、世界を自分の視点でしか考えないその能力を羨んだ。アレハンドロがどの街を選ぼうと、怖じけることなくついていけたはずだ。彼と共にいる喜びに浸るためなら、本来持ち合わせていないはずの大胆さを自分の中に見つけ出すことができた。オーレリーには将来の計画など一切なかった。人生で唯一持った目標はバカロレアに合格することだったが、バカロレアという言葉は自分には不適切だと感じていた。両親から受け継いだ労働者階級特有の諦念がまだ染みついていたのだ。彼女は穏やかで平和な生活、気楽だが刺激のある生活を、可能であれば最後まで、少なくとも相当の期間、同じ男性と分かち合うことに憧れていた。アレハンドロのほうは一人の女しか経験しないことに強い恐怖を感じていて、できるだけ多くの膣に挿入し、この絶望的で、湿っぽく、熱い探求に意味を見出したいと思っていた。混乱していて、饒舌で、不安定で、あふれんばかりの熱情と、あふれんばかりのエネルギーに動かされていたが、最後には疲れ果て、気が沈んでしまう。まるで世間に自分の才能を示すチャンスは一度も与えられないのだとでもいわんばかりだ。自分が取得しようとしている学位が、世間に認められた職業、人気のある職業に繋がらないことは承知していた。文学的な野心はすでに捨てていた。決してコルタサルにはなれないだろう。目覚ましい能力と極端さ、心意気と大胆さをもって何でもうまくやりたかった。すべてを発見し、すべてを知り、すべてを読みたかったのに、日常生活の凡庸さ、大陸を変えても同じことを繰り返すばかりの毎日のせいで常に無感動になり、挑戦する前から何事にもすっかり飽き飽きしていた。オーレリーはアレハンドロの腕の中に自分のすべてを委ね、彼を愛情で満たせば、それが貴重な助けになるだろうとばか正直に考えたが、彼のほうは恐怖心、愚かで果てしないプライドによって、彼女に身を委ねるという選択肢を自分に禁じていた。アレハンドロが取っていた態度は過去の大きな苦しみのせいで愛を信じられなくなった男のそれだ。つまり愛とは幻想であり、友情こそが、感傷的な失望により治せない傷を負った者に残された最も貴重なものである。

オーレリーはアレハンドロの過去の女たちに執拗な憎しみを抱き続けていた。この女たちこそが――オーレリーは心からそう考えていた――いつか彼の愛情を存分に味わえる日が来るという希望をすべて奪ったのだ。何としてでもアレハンドロを繋ぎとめようとする努力を一切せずに、オーレリーが愛するこの男の愛情を享受してきた女たちを激しく軽蔑した。この時の彼女はまだ、男は努力して手に入れるものであり、愛は建設現場と同様に、磨いて形にするものだと考えていた。アレハンドロはひどく苦しみ、それでも恩知らずな女たちに期待していたに違いない。だからこれほどまでに無関心な態度を取るのだ。

そしてある朝、電話オペレーターとして欠員を埋めるためにランジス行きのRER－C線に乗車し、窓から外の団地を眺めていると、ふと恨みが消え去り、絶対的な喪失感がそれに取って代わった。もはや怒りを感じなくなり、ノスタルジーに浸れるようになった。不条理な灰色の背景、街灯とコンクリートの板に囲まれる中で、オーレリー自身が全身でそれを求めていた。アレハンドロのにおい、細い手首、彼がキスしようと彼女の下唇を軽く嚙む時に体を駆け抜けた身震いについて、彼の昔の女たちと話すこともできただろう。アレハンドロは多くの女とデートしていた。彼女たちは皆彼に、そして愚かで盲目的な恋そのものに恋をして、女が持つ複数の視点で考えられる力、それぞれの恋をまるで人生で初めてのことのように経験できる力、個人的な損得は後回しにして、何よりも貴重で最も重要な、自分とは別の実体である〝カップル〟を優先できる力を発揮したのだ。

アレハンドロは女たちより現実的で、間違いなく遥かに高い知能を持っていたが、自分のことしか考えず、間を空けずに何人もの女をものにしたり、長く続いた関係を下劣な浮気で壊したりしてきた。オーレリーはアレハンドロに言われたことはすべて信じ、彼の言葉をこねくり回して、その意味を考えては眠れなくなったものだが、しまいには何ら特別な意味はなかったのだと理解した。これらの言葉はアレハンドロの口から発せられた瞬間の彼の気分に一致するものであり、その気分は絶えず変化するのだ。最もまばゆく、最も甘美な言葉は前戯の最中に発せられる。〝愛してる〟は官能性を欠いた状況でしか意味をなさない。

オーレリーはもう誰に対しても性的欲求を感じなかった。おそらく分かっていたのだろう。たった十五分、いい時間を過ごすために、エレガントな男たちの嘘と虚飾に直面しなければならないことを。彼らはレストランのドアを彼女のために押さえたかと思えば、行為のあとに冷たいオナラを放つ。自分の股を使って陰嚢を空にしたあとの男たちの無礼な言動に直面するのがいやだった。この動物的な振る舞いがむかつくのだ。もう落胆したくなかったし、気持ちとはうらはらに広告みたいな文句を信じるのもいやになった。三回目のデートで〝君には何か強いものを感じる〟なんて言われたら、そこで縁を切る。すべての単語は汚されていて、それに託された使命とは、オーレリーのスカートを足首まで下ろすか、もしくは腰まで上げて、甘ったるく空虚な言葉を並べ立てる男に彼女の膣を差し出すことだ。おそらくオーレリーは初体験が遅すぎたのだろう。多くの人がさっさとセックスに踏み切るのは、恋人を持ちたいという願望やカップルの生活に対する理想が早々に失われるからかもしれない。男からのアプローチ、ギラギラした目つき、ほのめかし、最初のキスから服を脱ぐまでの暑苦しく湿っぽい雰囲気にはもう耐えられなかった。家族と離れ、誕生以来変わらない生活環境を捨てたのは、自分自身を危険にさらして人生の意味を見つけるためだったが、彼女はそれに失敗した。

オーレリーがすでに地方での生活で目にしていた現象が、パリでは増幅していた。人々にもはや年齢はない。あらゆる世代がフェットを共にする。これは非常に漠然とした言葉で、テラスでビールを飲み交わすことから、ナイトクラブでダンスフロアだのセクシーだのと適当な英語の歌詞を乗せたエレクトロ音楽を聴きながら法外な値段のドリンクを飲んで過ごす終わりのないソワレまで、あらゆるタイプの夜の活動を指す。人々は今までにないほど性について開放的に語っていたが、オーレリーの目に入るのは解放感にあふれた独身者ばかりだった。一晩の、もしくは許容できる上限である一カ月間のセックスの相手を探しに夜遊びするにあたって、収入に対して無視できない金額を注ぎ込むことを余儀なくされている連中だ。官能が時代遅れで保守的なものとされ、〝変なもの〟のカテゴリーに追いやられた今、人々はセックスについて話すようになった。もはや学位には何の価値もないのに、今までにないほど高い学位を持つ人があふれている現象とそっくりだ。オーレリーがよく出会うのは無知なエンジニアや、無教養な教員教育大学センター《IUFM》の学生だ。彼らは自らの好奇心のなさ、精神の狭量さを恥じることもなく、高い教育水準にたどり着いたことを誇りにしており、数学の公式、セキュリティプロトコル、衛生基準、コンセプトを丸々暗記していた。

今では未婚の老嬢もその男版もいない。家族を持つことは、人生に必須の通過点ではなく、シリアルやペット、ソファ、冷蔵庫のように選択するものなのだから。間もなく赤ん坊の髪の毛の色だって選べるようになるだろう。実験室で作られ、カスタマイズされ、代理母のものであれ、生物学的な母親のものであれ、養母のものであれ、子宮に着床する前に選択できるようになる。今日では自由に楽しみ、自由に孤独を選択する市民しかいない。彼らは自分で自分の人生を決めていると信じているが、実際は郊外列車の時刻表に縛られている。ソワレの写真にこれ見よがしに写された大量のビール、路上で叫ぶパーティーの参加者たち、数百人に及ぶ仮想世界の友人たちからの承認、バーで高校三年生をナンパする三十五歳のお祭り騒ぎの連中、終わりのない大学の教育課程、〝死ぬまでアダルセント〟*でいること。これらの中には、何か致命的なものがあった。

* アダルトとアドレセントをくっつけた造語で、若者文化から抜けられない中年、というような意味合い。

13

オーレリーはシャトレ＝レ＝アール駅が大嫌いだった。乗り換えのために十五分歩くことも珍しくないし、彼女自身の安全のために防犯カメラに撮影されているのも知っていた。オレンジ色のモザイクが施されたホームにRERがきしんだ音を立てて到着する。チョコレートバーや、ほとんど未来的な形をした極小パッケージのポテトチップスを売る自動販売機がどぎつい人工光を放つ様子は、大量の乗り換え客の低血糖症を防ぐという聖なる任務で後光が差しているかのようだ。手垢だらけの壁に設置されたプラズマスクリーンが最新の超薄型スマートフォンを宣伝している。広告を通して強調されるテクノロジーは、RATPの主要ハブ駅の〝奇跡の中庭*〟の雰囲気と強いコントラストを生み出しているが、そこに目を向けることができる人々は限られていた。駅の利用客は視線を落として、携帯でスマイルマークを送ったり、音楽の音量を調整したり、もう少し教養のある人はエスカレーターの上で配布されている無料の新聞を読んだりする。ニュースは速く、単純で、簡単に理解でき、常に更新されなければならない。オーレリーは観光客が少ない区で、雨のあとの柔らかい地面を感じるのが嫌いだった。タバコの吸い殻、水分で膨れたアスファルト。足元でゴミが絨毯のように広がる。ゴミ袋はすべて破かれ、壁という壁は広告やライブのポスターで埋め尽くされていた。街は汚く、人を寄せ付けようとしない。

オーレリーはウェブ・マーケティングの代理店でフランクに出会った。彼はサン＝ドニ（パリに隣接する郊外の街）にある、歴代のフランス王が埋葬されている大聖堂（サン＝ドニ大聖堂のこと）

＊　アンシャン・レジームの時代、パリで泥棒や物乞いが集まる不衛生な場所をこう表現した。現在のシャトレ＝レ＝アール駅周辺もその一つで、ヴィクトル・ユゴー作『ノートル＝ダム・ド・パリ』にも登場する。

のすぐ近くに住んでいた。フランクに気に入られていることにはすぐに気がついた。フランクは非常に不器用な男で、自分宛ての郵便物が届いていないか確認したいと言っては、一日に何度も受付を訪れていた。彼はオーレリーを見て口ごもり、顔を真っ赤にしながら彼女をベトナム料理のレストランに誘った。オーレリーは誘いに応じたものの、少し困ってしまった。フランクは経営財務部長《daf》で、身も心も仕事に捧げている管理職であり、不安と重圧の中で仕事と一心同体になっていて、日常生活のすべてがオフィスを中心に回っていた。友人、外出、一晩の肉体関係、恋愛の目的はただ一つ。エンドルフィンの分泌を享受し、それによって生産性を高めることだ。彼はいわゆる〝いいやつ〟だった。親切だけどまるで面白みがなく、仕事の能力が会話の能力を遥かに上回る人のことを指す、ややぎこちない表現だ。

アルデンヌ県（ベルギーに接した北部の県）出身で、二十年前にパリに来たフランクは、セーヌ＝サン＝ドニ県にある二部屋のアパルトマンを二十三年ローンで購入していた。四十代の独身男としては余裕のある給料があってかなう贅沢だ。高校卒業後オルレアンの美術学校で勉強を始めたあと、会社を立ち上げようとした友人に合流した。この会社は倒産したが、仕事の基礎を学んだ彼は国立遠隔教育センター《Cned》が提供する継続教育を受けた。自由受験者として三年かけて会計の上級技術者免状《BTS》を取得し、その後、経済および経営のＬ２（学士課程二年目に相当）に編入して、苦労しながらカリキュラムの最後の二年を四年かけて修了した。最初の離婚が大きく影響したのだ。それから銀行で五万フランを借り、心穏やかにさらに二年間勉強をして、マーケティングとビジネス・コミュニケーションの修士号をアサス（パリ第二大学の通称）で取得した。最も大きな心残りはＭＢＡか専門修士号の取得まで進めなかったことだ。フランクは視線を落とし、言葉を詰まらせながら彼女にそう告白した。彼が自分に用意されていたのとは違う苦難の多い道を進み、多くの成功を収めたことは間違いない。オーレリーがそうするより二十年前、自分の境遇に抗い、そこから抜け出そうと決意していたのだ。職を得るために闘い、生き残りをかけて奮闘した。金銭的に成功した彼は、子供の養育のために経済的な犠牲を払うことを望まず、苦労の成果をただ楽しみたいと望んでいた。週の終わりには疲れきってしまうし、パリで子供を持つなど問題外だ。そして多くの人と同様、ほかの街に住むことは考えられない。フランクが切望していたのは安定したまともなカップルの生活であり、モノプリ（スーパーのチェーン店。前出ウーデー等より割高）で買い物をし、寿司を食べて、正規の配信サイトで映画を合法的にレンタルして、古めかしい感傷に一緒に浸れる相手だった。

フランクはパリで暮らしていること、フランスで最高の大学の一つで勉強できたことを非常に誇りにしていた。第二の故郷となった街によく同化し、見下すようなニュアンスを帯びた態度で淡々と地方のことを話す。多くのパリジャン同様、郷土の味と各地域の食材を使ったレストランがお気に入りだった。高級食料品店に通い、熟成チーズとまずまずだが気取っていないちょっとしたワインを買う。フランクは食生活にのみ自らのルーツを保つ都会人、着飾った田舎者であり、大地を懐かしみながらアスファルトを愛していた。毎週金曜の夜はオーレリーをいいレストランに連れていき、彼女の分もライブのチケット代を支払った。毎週末、ソロアーティストや将来有望な新しいバンドのライブがあったが、オーレリーはまるで惹かれなかったし、パリのアーティスティックな生活に浸りたい気持ちも一切なかった。いつも同じようなグループばかりだった。長髪にサングラス、長い顎ひげ、あえて狙った古臭いルック、エレクトロを取り入れた甘いポップミュージック。彼らは英語で歌い、シャルルヴィル＝

メジエール（フランス北部、アルデンヌ県の県都）かサン＝テティエンヌ（フランス中南東部の街。文化活動が盛ん）の出身だ。

フランクはオーレリーに同棲を持ちかけた。ユースホステルで眠る魔のサイクルを断ち切れることに安堵し、彼女は申し出を受け入れた。清潔で、装飾が施された浴室に慣れるのに何日もかかった。今や真っ裸で体の手入れができるし、お湯が止まることもなく、様々な香りのシャワージェルも用意されていた。それにもかかわらず、この贅沢とすら思えるほど広く感じる新しいアパルトマンで彼女はくつろげなかった。半年間ユースホステルの共同寝室で暮らした彼女には各部屋があまりに広く思えたし、よく整えられた空間と快適さに不安をかき立てられ、今にも罠にかかって閉じ込められそうな気がした。オーレリーは自分の力で住居を見つけることができず、この失敗は苦々しい思いを彼女に残していた。いつでも出ていけるように、スーツケースは閉じたままにしてある。ここ数カ月の不確実さと不安定さに満ちた生活の影響で、じっとしていることができなくなっていたのだ。この事実を認めると、オーレリーは再びアレハンドロのことを考えた。彼は感情的にも物質的にも何の繋がりも持たず、いつでも去る準備ができていた。アレハンドロのことは記憶から消してしまいたかったが、ますます彼に親近感を持つようになっていった。パリでオーレリーが経験した〝亡命生活〟は彼のものとは大きく違ったが、似ている点も多くあった。何もかもをグルノーブルと比べて、子供時代を過ごした街を見下しながらパリのすべてを美化せずにはいられず、母親からの電話には喉が締めつけられた。困窮、不安定さ、社会から見捨てられた感覚、郷愁、家族や仲間の不在を経験した。アレハンドロに、彼が理解できること、ずっと彼を愛し続けていることを伝えたかった。故郷にはいつだって戻れるだろうが、グルノーブルに帰れば失敗を認めることになる。オーレリーは自分自身のプライドのせいで、自らに課した悪循環から抜け出せなくなっていた。彼女を蝕んでいた不幸は根深く、グルノーブルでもパリでも、自分を待ち受けている生活が不満だった。自分の居場所を見つけなければならない。

フランクには思いやりがあり、何に関しても計画的で、プレゼントと柔らかなキスで恋人を満たしたがっていた。彼はオーレリーの代わりに物事を決めるが、彼女を不快にさせることはない。今やオーレリーはちゃんとした家に住んでいて、一緒に暮らす男が仕事から帰ってくるのを一人待ちつつ、ガラス製のおしゃれなローテーブルが据えられた居間でDVDを見るのが常だった。二人用にしてはあまりに大きいアメリカのメーカーの冷蔵庫が置かれたモバルパ（フランスのシステムキッチンや浴室のメーカー）製の小さなビルトインキッチン、フランクが優しく官能的に彼女を抱くダブルベッドについては怪訝に思った。フランクは良き恋人で、相手を尊重し、新しいパートナーの若くきれいな体にいまだに少し感動している。彼は情に脆く安心感があり、礼儀正しく不器用で、多くの夢見がちな女たちの素敵な王子様になれたことだろう。世の中にあふれるポルノの影響を免れていたフランクは、オーレリーにアナルセックスの話をしたことはないし、彼女の気が乗らないときにしつこく誘うこともなかった。オーレリーは避妊具を持っていなかった。アレハンドロの家には常にコンドームがあったので、用意する習慣がなかったのだ。その後に持ったいくつかの突発的な関係においては、性教育の成果により、コンドームは自動的に、射精と同じくらい素早く被せられていた。フランクと彼女は膣外射精を取り入れていたが、避妊について話すことはなかった。彼は彼女を幸せで包もうとしていたので、そんな話はあまりに具体的で、あまりに下品で、あまりに不適切だった。まるで子供を望まなければ妊娠のリスクに備えられるとでもいうように。

フランクは社会的に評価される職を得るために何年も犠牲にしてきたせいで、今はただ給料を楽しく使いたいと望んでいた。彼の頭の中で、子供は夫婦の幸せの終わりを意味していた。心の平静は誰かと二人で到達するものであり、人生の目的は伴侶を見つけることであって、伴侶と共に子供を作ることではないのだ。子供を作らず、自分の名前を残さないことを、何の問題もなく思い描いていたし、そういうのは時代遅れでろくでもない考え方だと思っていた。名前なんて行政上および実用的な機能しか持っていない。彼は両親を愛していて、兄が一人いたが、この兄にも子供はいなかった。フランクの家庭環境はオーレリーのそれに非常に近い。県庁所在地に隣接する中規模の町で育った地方出身者で、両親はカテゴリーCの公務員*と美容師、祖父母には会ったことがないが、彼らは農民だった。

とはいえ幼い頃に絵の才能が開花し、六年生（フランスでは中学一年に相当する）に上がるとすぐに絵画教室に通い始めた。しかし同級生たちからは古臭くて〝オカマみたい〟な趣味だと言ってからかわれ、フランクはついには自分の絵を隠してしまい、ベッドで人知れず涙を流した。中学校の教師たちには社会性のなさを懸念された。高校では文系コースを選択した。〝変わり者〟が気負うことなく自分自身を取り戻すことができるコースだ。この思春期の三年間と、初めて感じた芸術的興奮は、フランクの記憶に人生で最も美しい思い出として刻まれている。当時、詩を書く女の子たちと一生の愛を誓うことは容易いことだった。森に行って雪の上に偽の血溜まりを作り、ゴシック調のポートレートを撮るようなアマチュア写真家の女の子たちに対しても、一定の成功を収めたものだ。

　フランクがオーレリーに恋をするのに時間はかからなかった。彼は穏やかな愛を探し求めていて、自分の二部屋の家をお城にして、恋人を小さな思いやりの数々で満たしたいと思っていた。オーレリーがお金に興味を示さないことを高く評価し、そのかなり特殊なライフスタイルに、言わば落ちたのだ。仕事が少し遅くなったある夜、フ

＊　地方公務員のカテゴリーで、学歴により分けられる。Cは最も下位で、バカロレアを取得していなくてもいいケースが多い。

ランクは彼女を飲みに誘った。オーレリーはタダでローステーキとフライドポテトが食べられることを期待して了承した。何杯かマティーニを飲んだ彼女は、パリ、パリジャン、惨めたらしい仕事の数々、メトロに対する憤りを吐き散らした。フランクは彼女のシャトレ＝レ＝アール駅に対する酷評を聞いて大笑いし、スリムジーンズにコンバースを合わせてヴェリブ（パリ市内のレンタサイクル）に乗ったり、回転ベルトの周りに座ってカラフルな小皿に載せられた刺身のショーを眺めたりする都会人たちを彼女がこきおろした時も、自分が攻撃されたようには感じなかった。オーレリーの中に演劇的な才能、何か並外れていて、情熱的なものを感じ、その発言の背景にあるものに気を留めることはなかったのだ。二週間後、彼女はフランクの家に引っ越した。

日常は、愛情を示し合う時間、買い物についてのSMS、具沢山のサラダの準備、二人とも詳しくはないが、個人の酒店で探しあてたちょっといいワインを添えた一対一の食事の繰り返しだった。たまにアルテ*の番組を見てテレラマ誌（メディア情報誌）を買うこともあるが、二人ともページをめくるだけで、きちんと読むことはない。オーレリーはフランクが好きだった。彼は寛大で、これまで誰からも感じたことのなかったおめでたい眼差しを向けてくれる。しかし彼に対して感じるのはやや漠然とした友情めいた気持ちであり、欲望がかき立てられることはほとんどなかった。フランクが数日間パリを留守にしても、寂しさや悲しみを感じることはまるでない。増幅する居心地の悪さを彼の家で感じて、初めてその不在に気がつくのだ。オーレリーは非常に短期間で恋愛ステータスを手に入れた。受付嬢の仕事は続けていた。彼女の学歴では、これよりもやりがいがあり、かつ給料のいい仕事など望みようもない。フランクと暮らすようになってから、一日中座って微笑み続けるのはさほど苦にならなくなっていたが、彼が会社の話をする時の感情がこもった声には異常なほど腹が立った。偶然によりフランクと出会い、住まいを得ることができたが、彼女自身は自分にはこの恋愛ゲームに参加する資格がないと感じていた。すべてが過度で、あまりに早く、あまりに計画的だった。フランクはとにかくにもカップルでいたがり、感情で動く。誰かを愛さねばならないからオーレリーを愛していた。彼自身が白状したように、彼は孤独に耐えられない。独り身恐怖症だった。

＊　フランスとドイツが共同出資したテレビ局で、良質な番組で知られる。

オーレリーはアレハンドロがいろんなタイプの体を後背位で抱いているところを想像した。不安定さと変化に向いている人はいる。そういう人たちにとって性的快楽は、世界中に広がっている無限の可能性を秘めた無償の喜びなのだ。セックスは文化や芸術がほぼ無に帰した世界で進化を続け、質の悪いまずい食べ物で育った世代にとって最後に残った唯一の享楽的な活動となっていた。都市生活とその途方もない移動時間は読書と休息に対する意欲をひどく制限する。セックスとは即座に快楽を得られることを保証するもの、社会的ステータスを示すものであり、それ自体がライトモチーフになっていた。我セックスする、故に我在り。

「キャリアプランはないのか？　本当にやりたいことはちっとも思いつかない？」フランクは額に深い皺がよるほどに眉毛を上げて、一日に一回はそう尋ねてきた。彼から大口の取引先と結んだ大金をもたらす契約の話なんかを聞くと、オーレリーは同僚と話したマニキュアについての規定や、受付の決まりごとの話題を口に出すのを少しためらってしまう。フランクはカジュアルでかつ品のある身なりで仕事に行くが、夜は少し禿げてきた頭を隠すことなく、コンタクトレンズを外し、十歳は老けて見える大きな眼鏡をかける。そしてパソコンの前に座り、二本の人差し指を使って必死に文字を探しながら、やたらゆっくり個人メールを打つ。彼は社会に順応し、ついていくふりをしていたが、オーレリーは彼の中に、恋人の存在では和らげることができないであろう深い絶望があるのを感じ取っていた。

そのうちに比較的自分の能力を活かせる職を定め、勉強か職業訓練を始めなければならないことは分かっていた。フランクとの生活はレースの途中の一時的な休憩のようなものだ。体力を取り戻せるし、家賃を支払わなくてもいいので、それなりの額を貯蓄に回すことができる。彼は直接批判はしなかったが、オーレリーの野心のなさについて、しばしば小言を言うようになった。いわく彼がバカロレアプラス五年の学位を取得できたのだから、彼女にだってその能力がある。オーレリーは、フランクは自分に釣り合った恋人を求めているのだと感じていた。行動的な三十代の女性のほうがずっと彼に合っているだろう。彼がオーレリーに恋をしたのは恋をしていたいという身体的な欲求のためだ。オーレリーはある日、強い落胆と神経質な笑いが混じる中で気がついた。彼女は男のように考え、彼は彼女を女として愛しているのだ。

14

オーレリーの母親は、娘がラ・プレーヌ＝サン＝ドニ*にある収録スタジオの受付で働いていると聞いて、これまでになく彼女を自慢に思った。

「すごい、テレビ局で働いてるなんて！　幸運だこと！　ね、学歴なんて何の意味もないでしょ？　ジャン＝リュック・ライシュマンは見た？　テレビで見るといい人そ

＊　セーヌ＝サン＝ドニ県の地区。大きな多目的スタジアム〈スタッド・ド・フランス〉があることで知られる。

うだけど実際はどう？　カリーヌ・フェッリは？　あの人本当に細いの？　それとも細く映ってるのかしらね。テレビに出てる人って肌ツヤがいいけど、あれって全部メイク？」

　オーレリーが相手にしていたのはゲーム番組の出場者か、テレビ番組の視聴者の大半を占める引退世代だ。番組のスタッフが迎えに来るのを座って待つように言うだけでいい。そのあとは彼らが語るゴシップや小話を小耳に挟みつつ、静かに読書をすることができる。彼らはある司会者からサインをもらえたことや、〝すごく親切で全然偉ぶらない〟お天気お姉さんと一緒に写真を撮れたことをものすごく自慢にしていた。そして自分たちに挨拶しに来なかった有名人をけなすのに躊躇することはない。テレビが彼らの人生のすべてであり、オーレリーは一銭にもならないゲームに参加するために有給休暇《RTT》を申請したことを自慢げに話すこういう人種を見ると、毎回驚いてしまう。

　この現場でオーレリーはバンジャマンに出会った。彼は日中はポム・ド・パン、夜は多国籍企業のピザのチェーン店で配達員をしていた。スクーターに乗って日に九時間働いて、ダイエットサラダ、エクスプレスセット、食いしん坊セット、地中海セットを配達し、神経質で短気で人を見下すマネージャーにこき使われていた。オーレリーとバンジャマンは食事のデリバリーについて、それからまさに思い上がった使用人といった雰囲気を醸し出しながらレストランチケットを突き出してくる助監督についてコメントを交わすのが常だった。ある日二人は外でビールを一杯飲んでから彼の家に移動した。一つの部屋を極小のワンルームに改造した家だ。バンジャマンは彼女に近づこうとしなかったし、キスをしようとすらしなかった。オーレリーは彼の好みじゃなかったし、彼が欲しかったのは自分が陥った不条理な人生の成り行きを語れる同年代の女友達だった。二人の間にあったのは真の友情であり、オーレリーは思春期に経験したような友情をもう一度持てたことが嬉しかった。隠し事のない関係ではあったが、バンジャマンは女関係の話題は避けたほうがいいと理解していた。オーレリーは男たちが前夜に関係を持った女のことを無頓着に話すことにまったく慣れず、こういう話題に常に気分を害してしまう。彼女には彼らがどうしても理解できないだろうし、男たちは男たちで常に月経の周期を根拠にして、彼女を不機嫌で、ヒステリックで、面倒くさすぎる女だと決めつけるだろう。複雑だったり濃密だったりすることは徹底的に忌避され、すべてはシンプルで、柔軟で、いつでも手に入ることが求められていた。消費者は二十四時間年中無休でショッピングできることを望み、それは現代人が自分の思うように友人やパーティー仲間、セックスフレンド、恋人を持ちたいという望みにも反映されている。社会生活におけるあらゆる人間関係は何ら拘束力を持たず、予告なしに解約できるのだ。

バンジャマンは二十六歳、サルト（フランス西部にある県。県都はル・マン）の出身で、地元で歴史の学士号を取得したあと、ソルボンヌ大学で勉強を続けるためにパリにやって来た。典型的な同世代の若い男性に見られる多くの特徴を持ち合わせていたが、中世史に対する情熱には一風変わったものがあった。大学寮に入る資格を得られなかったため、研究修士課程を修める資金を稼ぐべく配達の仕事を始めた。しかし残念ながら奨学金とアルバイトではすべては賄いきれない。それですべてをやめてしまった。バンジャマンは不満を溜め込み、十七平方メートルの自宅があるバルベスに週に一度か二度来るマリファナの密売人の懐を大いに潤した。故郷のル・マンに帰ることは想像できなかった。

パリは醜く、汚れていて不健全で、道端で客を漁る梅毒持ちの娼婦のようだ。しかし一度パリに住んでしまうと、きちんとした理由がないかぎり後戻りはできない。倦怠感や疲れは十分な理由にはならない。地方の街に戻るのは、形を歪められたパリに行くようなもの、同じ看板、特に目新しくもない工場生産品が並ぶ迷路のような商店街に行くようなものだ。廃れた旧市街の中心地を散歩したところで、数件の木骨造の家では首都の威光と品格には到底太刀打ちできない。パリはおぞましく、中毒性があった。

バンジャマンの父親は運送会社の会計士で、母親は自宅で乳児を預かる保育ヘルパーをしていた。彼はミュルサンヌの美しく広々とした家で育った。一九九〇年代に急速に建設が進められ、際限なく量産された小さな庭付きの白い田舎の一軒家だ。思春期までピアノを習い、次に水球に目覚めた。当時のバンジャマンは模範的で魅力的な若者だった。オーレリーが高校で絶対に近寄ろうとしなかった類の男だ。背がとても高くて、一切の気負いがなく、どんな小さな困難にもぶつかることがなさそうな、DNAレベルで自然に行動できるタイプだった。大学でも特に必死にならずとも優秀な成績を収め、パーティーを楽しみ、かわいいガールフレンドを腕に抱え、同じ子と一学年以上付き合うくらいには真面目だったに違いない。国際的なボランティアのワークショップに参加し、ウーフ*を体験し、グリーンピースのゲリラ的なイベントにも参加した。バンジャマンはお祭り騒ぎと社会的貢献の最適な折り合いを体現する存在だった。パリに発つまで、人生で最も美しい時期を謳歌していたのだ。しかしモンパルナス駅に到着するやいなや、千二百万人の人口の中に飲み込まれてしまった。彼の呆れるほどの魅力、その笑顔、エスプリ、バカロレアプラス三年の学位（多くの場合、日本の学士号に相当する）は、人と一線を画するのには不十分だった。

オーレリーはフェイスブックで公開されていた数年前のバンジャマンの写真を見ることができた。今の彼は色あせ、輝きを失っている。思春期を終える頃に肉体的な魅力が頂点に達したタイプだ。あからさまに目の力がなくなり、笑顔もそれほど素直なものでなくなっていた。大幅に魅力が薄れ、傲慢さも消えていた。バンジャマン自身の告白によれば、もう何事も自分に関係しているとは思えなくなり、すべてが頭上を通り過ぎていく。ただ勤務時間が終わるのを待ち、仕事後に自宅の椅子に座って円錐状に巻いた大麻を吸うだけの毎日だ。外出する気力はなくなったが、仕事をするエネルギーだけは常にある。それぞれの故郷では、オーレリーとバンジャマンは交わることのない二つの階層に属していたが、パリでは中産階級と労働者階級の生活レベルの差は消える。今やあるのは一つのカテゴリー、ワーキングプアだけだ。

　バンジャマンと夜を過ごしてから帰ると、オーレリーは何時間にもわたって、何も悪くないフランクと別れる勇気をいつ持てるだろうかと自問する。別れたあとはどうするのか、という問題は絶えず執拗に心にのしかかっていた。大麻を吸っていない時のバンジャマンは楽天的で、周りを明るくする。ある日彼は、パリを離れてル・マンの教員教育大学センター《IUFM》で中等教員資格《Capes》を取得して歴史教師になり、田舎に家を買って自家菜園をやると言い、もしそれに失敗したらパン屋の職業適正証《CAP》を取得して、パン職人になるのだと話した。時に輝く目でオーレリーを見つめて熱く語ることもある。「レジリエンスだよ、オーレリー！　レジリエンスが重要だ。こんなところで終わる

＊　農場で働く代わりに食事と宿泊場所等を提供してもらうボランティアシステム。

わけにいかないだろ。ありえないよ。小さい部屋で暮らすために一生ピザを配達し続けるなんてできるわけない。何か別のことを考えないと……」

オーレリーは申し訳なさそうにバンジャマンにフランクのことを話した。

「いや、分かるよ。ここで家を見つけるなんて大変だし、おれもおじさんに保証人になってもらった。書類が通ったのはおじさんが中小企業《PME》のオーナーだからさ。じゃなきゃダメだったね。チャンスに飛びついたことを謝らなくていいよ。ベッドと鍋を置くのが精一杯の惨めな家に月六百ユーロ払うくらいなら別のことに使ったほうがいいさ。できる時に貯金して、地元に帰んなよ」

バンジャマンは柔軟な考え方の持ち主で、おそらく現実的すぎた。察しがいいので、十分な所得も家族からの経済的なサポートもない見栄えのいい若い女にとって、うまくやっていくための選択肢は多くないのだとすぐに理解した。体は彼女の武器の一つであり、ほかの切り札同様、道徳的に恥じることなく使っていい。「君が捨て鉢で、だから自分の申し出を拒めないってことを、そいつが心の中で分かってないと思うか？　その気になれば、同じくらいの給料を稼ぐ自立した同世代の女と付き合えるって……。そんなわけないね！　知り合ってすぐに君を家に連れ込んだんだろ。無私無欲の人間じゃないぜ。持ちつ持たれつの関係じゃないか。でも君は遠慮しすぎるし、そいつはばかすぎるからそれを認められないんだ」

バンジャマンと寝るなどという考えは、オーレリーの心をかすめもしなかった。彼女は低俗な欲求を満たすための男を見つけることより簡単なものはないと、密かに確信していた。一方、信頼できる義理堅い友人を見つけるのは大きな賭けだ。バンジャマンに出会ったのは仕事場だった。自分のことを見てもいない人たちに作り笑いを向けたり、電話に出るふりをしたり、まるで小道具のようにただそこにいたりして無駄にした時間に対する正当な報酬が彼だった。バンジャマンは懐疑的な性格で、非常に頭が良かった。話がうまく、仕事がらみのあらゆる小話で人を爆笑させたり、唖然とさせたりすることができる。ある夜、彼がクラマール（パリ郊外の街）に十二枚のピザを配達すると、バスローブ姿の巨漢がぼんやりとした目でドアを開けた。バスローブは前がはだけていて、弛緩した長いペニスと、重力の法則の影響を特別に大きく受けた睾丸がちらちら見え、バンジャマンはむき出しの器官からなかなか目を離せなかった。

男は支払いのためのクレジットカードが見つけられず、バンジャマンを十分以上も待たせたあげく、白くて細かい粉まみれのカードを持ってきた。男は指を舐め、その貴重な粉を拭ってキープし、湿ったカードを差し出してきた。バンジャマンは何てことのない顔でそれを受け取った。

バンジャマンはサルトに戻るタイミングを待っていた。彼の体がもうパリには耐えられないと彼に告げる時が来るだろう。学生時代、一時期牛舎で働いていたことがある。父親からは機械修理や日曜大工の基礎を教わり、そこまで世間から隔絶されていない農村地域で健全な子供時代と思春期を過ごした。オーレリーは土いじりをしたことも土壌の観察を学んだこともなかった。純然たる街の人間で、自然のサイクル、牛の分娩、搾乳、農作業については何も知らない。自分に基礎的な知識が欠けていることは分かっていた。母親はそういったものを娘に教え込む労をとらず、愚かな仕事だろうと、疲弊する仕事だろうと、詐欺みたいな仕事だろうと、娘が職に就くということだけに執着していた。バンジャマンの家から帰ろうとして終電を逃し、ヴェリブで帰宅しようとメトロの階段を上る時、オーレリーは喉を締めつけられるような苦しさを感じる。帰宅すると彼女はフランクを起こし、二人はセックスをして、それから眠る。翌日、朝六時に電話がかかってくると、オーレリーはできるだけ静かにアパルトマンの外に出て、戸口にあるマットの上に靴を置く。そして暗闇の中で服を着て、忍び足で家を出る。フランクを起こしてしまうと、キスをして「良い一日を」などと言わなければならない。

15

受付のカウンターよりもメトロの中で多くの時間を過ごし、疲れきった一日の終わり、オーレリーはヴォルテール大通りのベンチに腰掛けた。この日最後の勤務地は八区の弁護士事務所で、夜九時まで働かされた。勤務弁護士が一人でも残っているかぎり絶対に帰ってはいけないと指示されていたのだ——たとえこの弁護士が午前零時まで残ると決めたとしても。まだ何時間も時間があったので、オーレリーはトラベラーとオリベイラの冒険*を原語で解読しようと試みた。スペイン語で読むのは非常に骨が折れる。その本のシュルレアリスム的な文体に影響され、鷲鼻の横顔を持つ細いシルエットが目の前に現れた時は、初めは幻覚にしか思えなかった。オーレリーは本を閉じて、長々とそのシルエットを見つめた。彼は相変わらず糸のように細く、二次元のキャラクターのようだ。伸びた髪の毛を風になびかせながら、ゆっくりと着実に前方に歩いている。耳に当てた巨大なヘッドホンからは、おそらく漠然とした英語の歌詞が乗せられたメロディーが流れていることだろう（"arrest this man, he talks in maths, he buzzes like a fridge"〈この男を逮捕してくれ　数字ばかりを話し、冷蔵庫のようにうるさい〉）（レディオヘッド「Karma Police」の一節）。彼は五十メートルほど前方に歩いてから、向きを変えてオーレリーの方に戻ってきた。

自分の頬が彼の頬に触れた時、彼女は胸が締めつけられるのを感じた。二人は音を立てずに挨拶のキスをし、息を止めた。オーレリーは、汗、安物の制汗剤、タバコ、オーデコロンが漂う中に彼のにおいを嗅ぎとった。シンプルで男らしく、少し汚れたそのにおいを嗅ぐやいなや、彼の腕の中で感じた悦びがよみがえった。裸の自分が彼の古めかしいアパートで立ち上がる様子が目に浮かんだ。本棚の前でためらい、つい

＊　コルタサル『石蹴り遊び』の主人公オラシオ・オリベイラとその友人トラベラーのこと。

にはそこにあるすべての本のタイトルを覚えた自分の姿。そしてそれぞれについて意見を持って、いつかそれを完璧なスペイン語で彼に伝えようと心に決める自分の姿が。彼が寝ている間に雌オオカミのように彼の髪の毛のにおいを吸い込んだこと、腹の中に感じた力、眠りを妨げるあのエネルギー、彼を感心させようと覚えた言葉。羞恥心、不器用さ、すべてに勝る欲望のせいで、彼と交わそうと思っていたのにかなわなかった会話。それらすべてを思い出した。あの頃オーレリーは、彼の家に着くと言葉を発することもなしにキスをして、二人は一つのフレーズも交わすことなくセックスをした。吐息とあえぎ声、それから二カ国語で発せられる愛の言葉で満ちた夜の終わりには、そのまま眠ってしまうこともあった。

アレハンドロの額の真ん中には皺が一本刻まれつつあり、オーレリーはまるでこれが十年ぶりの再会のような気がした。白髪になり、思慮深い雰囲気を漂わせ、時が刻まれた彼の顔を想像した。きっとハンサムな老人になるだろう。彼の頰を撫でたり、手にキスしたりするのは我慢したが、突如愛情と悲しみの波に襲われた。オーレリーの心からアレハンドロが離れたことはなかったのだ。メトロにも一緒に乗ったし、彼が隣にいるのを想像して大声で話したこともある。愛が彼女という存在を支配し、思考のすべてを占領していた。オーレリーはもう誰のことも愛せない。アレハンドロが頭を軽く後ろに倒すと、彼女はノックアウトされた。彼しかいない。この愛の力、彼女を支配するこの動物的本能を受け止められるのは彼しかいないだろう。〝会いたかった〟と伝えたかったが、この言葉は弱く、少し陳腐に思えた。〝あなたなしじゃ生きられない〟こんな言葉は最低だ。最も美しい感情が最も滑稽な文章に翻訳されてしまう。〝夏も冬もあなたを想う〟〝何をするよりも、あなたの話を聞くのが一番好き〟〝あなたこそ私の愛そのもの〟ダメ、こんなこと絶対言わない。二人の間に沈黙がのしかかる中、オーレリーは考え続けた。

「ああ、元気だよ。君は?」

アレハンドロの姿を見て、オーレリーの中で何かが引き裂かれた。彼も彼女を見て動揺しているようだ。何人の女に触れたのだろう? これを考えると、胸に焼けるような痛みが走る。彼らは話さない。何かを言いかけても続かず、荒く息をするだけ。

道路を走る車の音が静寂に響き、二人は通行人を避けるために場所をずらす。電話してくれ、と彼は言う。今はパリに住んでいて、最寄りはテレグラフ駅。ほんの数日前に越してきたのだ、と。オーレリーはこの知らせに喜んでいいものか迷う。今や二人とも同じ壁に囲まれた囚人となったのだ。

***

遠くにバンジャマンが見えた。しかめ面で、フードを深くかぶり、チックで顔が小刻みに動いている。彼に会うのは三日ぶりだが、さらに陰気になったように見えた。バンジャマンはオーレリーに近づくと微笑み、なんとか力を出してだるそうに腕を上げて合図をし、訪問客を迎える老婦人のように彼女の両頬に音を立ててキスをした。オーレリーは間を置かずに泣き出した。彼女はアレハンドロに再会した。バンジャマンにさんざん語った大恋愛の相手だ。この数カ月間保ってきた心のバランス、アレハンドロが空想の中にしか存在しなかった数カ月間のバランスが突如崩れ去ってしまった。アレハンドロの存在を認めることは、複雑さと欲求不満に満ちた新たな問題の始まりを意味する。難しい男で、誰かに飼い慣らされることはないし、人を傷つけ、決してゆるしを請わない。それでも彼に会わないことなどオーレリーには考えられなかった。早くも体がアレハンドロを欲していたし、彼の隣にいたかった。これはばからしく理解不能なことだけれど、バンジャマンに諭されたくはない。アレハンドロを抱きしめ、キスして、胸に触れて、身を寄せて眠りたい……。オーレリーは息を切らしていた。バンジャマンは面食らい、彼女の手を取ったが、この激しい動揺、自分にはまるで理解できない感情のほとばしりにどう対処すればいいのか分からなかった。言葉を失い、お手上げ状態で、自分には無縁の苦悩に満ちた愛に振り回されているオーレリーを前に当惑した。彼は女に会ったあとに泣いたことなど一度もない。こういう愚かで残酷な情熱に襲われた経験がなく、彼女の助けにはなれなかった。「あんたには分かんないよ」オーレリーは憔悴してそう繰り返した。そのとおりだ、バンジャマンはそう思った。無用な面倒を避けられた安心感と、これほどまでの感情の爆発に身を任せたことがないというもどかしさの間で彼の気持ちは乱れた。

「それじゃ、やつに電話するんだな?」これが唯一適切だと思われた質問だ。

「もちろん」彼女は歪んだ笑みを浮かべて答えた。

彼らは少しの間一緒に歩いた。オーレリーはフランクの家に帰って眠ることに決め、バンジャマンにうわの空で挨拶のキスをして、体に気をつけるようにと伝えた。彼の調子は悪そうだった。おそらくマリファナの吸いすぎだろう。特にオーレリーに会えない時は吸いすぎる。「どうなったか教えろよ」バンジャマンは去っていく彼女を見ながら、そしてまた一人になる不安を抱えながらそう言った。薄汚れたレストラン、夜も開いている食料品店、女たちが興奮して騒ぐ子供を連れてやって来るコインランドリー。バンジャマンは賑わう街を歩いて帰路に就いた。「子供にとっちゃ最悪の環境だな」裏のない笑顔を投げかける二人のアフリカ系娼婦の前を通り過ぎながら、彼はそう考えた。

＊＊＊

家に帰ると、フランクはまだ起きていた。「愛しい人！」彼はソファから立ち上がると、スリッパを履きながら言った。「会いたかった」フランクは腕を広げ、オーレリーが身を寄せてくるのを待った。彼女は自分自身に強い嫌悪感を覚えながら求めに応じ、彼のやわらかい腕とたるんだ腹をそれなりに心地良く感じた。「お腹は空いてるかい？」フランクの猫なで声がばからしかった。「ソーセージとマッシュポテトを作ったんだよ。かわいこちゃん！」

こういう間抜けな小芝居を打つにはフランクが年を取りすぎていると思いながら、オーレリーは彼を見下す自分を責め、バンジャマンの言葉を思い出した。フランクからしたたり落ちる愛の奥には、一人で生き、一人で老いることへの恐れが隠されているのだ。フランクはオーレリーに、毎日の生活、寝床、フォトコミック（漫画形式で写真にセリフの吹き出しを付けた書籍の一種）の読書を共にしようと申し出た。彼女の人となりではなく、彼女が女であるという単純な事実を愛していた。オーレリーは偶然によってここに行き着いた。アレハンドロとの関係とは違う。あれは彼女を引きつけて離さないものであって、滑稽なロマンスの言葉では語ることなんてできない。オーレリーの肉体の細胞という細胞の中にアレハンドロが戻ってきた。再び体に栄養が行き渡って血液がめぐり、生き生きとして自信が満ちるのを感じ、彼女は心が休まると同時に興奮していた。命は自然な流れを取り戻し、アレハンドロの腕の中に収まるだろう。オーレリーは間もなく彼のそばに行く。一年前に彼らが不器用さゆえに壊してしまったものは時間が修復してくれたはずだ。アレハンドロの首すじに顔を埋めてそのにおいを吸い込み、彼がしたこと、学んだこと、読んだものの話を聞くことを思うと、待ちきれずに体が震える。

アレハンドロに関することすべてに熱中していた。

「さっき兄貴が電話してきてね。彼女と一緒にパリのほうに来るってさ。四人でディナーに行ってもいいと思うけど、どう?」

フランクはしつこく良い一日を過ごしたかどうかと尋ねてきた。彼の陰茎は硬くなっていたが、オーレリーは凍てついた声で「いいえ」と言って拒絶した。もう何カ月にもわたって快適な環境で売春をしてきたようなものだ。まどろむ恋人を見ながら愛に心を震わせられる日々がまた始まるのだと思い、オーレリーはこのだましだましの恋愛ごっこについに終止符を打つ決心をした。シャワーを浴びると、フランクがバスルームの扉を叩く音が聞こえた。そして何かの被害者かのように懇願するような声が聞こえてきた。「愛しい人、おれが何かしたか?」フランクは鞭を感情に置き換えるサドマゾの信奉者だ。彼を床に倒し、狼狽する年寄りの恋人を踏みつけるような、強くておまけに若い女を演じるのはあまりに容易いことだっただろう。

オーレリーは何も言わず裸のまま浴室から出て、それまで明かりの下では決して見せることのなかった裸体を誇示するように歩いた。無言のままベッドに入ると、フランクは彼女にキスをしようと、すぐ隣に横になった。「まあいいさ。明日には機嫌が良くなるといいけど。かわいい人、よく寝るんだよ」オーレリーは答えなかったが、なかなか寝つくことはできなかった。すでに息苦しく、今にも爆発しそうだった。アレハンドロの近くで感じる調和を取り戻し、バラバラだった体が再び一つにまとまって、自分という存在と精神が和解するのが待ち遠しかった。彼女に命を吹き込むのはアレハンドロなのだ。朝四時三十七分、フランクに起こされた。すぐ横にサン＝トゥアンの蚤の市で買ったビンテージのアナログ目覚まし時計があった。

「何もかもおれのおかげだ。分かってるよな？」フランクは今までに聞いたことのない冷たい口調で言い放った。「ほかの男がいるのか？」彼は一つ一つの言葉からにじみ出る不安を隠すために険しい声でそう言った。オーレリーは本当のことを言えなかった。いつだってほかの男がいたのだ。

16

「長い間待った。私は熱に浮かされてあなたの家に着いた。ドアをノックしたけどすぐには開けてくれなかったから、怖くなって拳で叩くと、指に血が集まってくるのを感じた。そして一瞬、恐ろしい不安に襲われたの。〈違う住所を渡されたんだ〉〈私を部屋に入れたくないんだ〉それとか〈すべては夢だったのかも〉〈知らない人が扉を開けて、頬が紅潮し、髪が乱れ、涙目の私を見て慄くかも〉。あなたは戸口にいて、前よりもハンサムだった。永遠に感じるくらい長い間会ってなかったような気分になったわ。あなたは私に部屋に入るように言い、その声は震えてた。私たちはこの一年のことを話した。私にとっては異例の年、あなたにとっては退屈で空っぽな年。あなたは私が恋しかったと白状した。信じがたかったけど、私は自分の肉体のどこかにこの言葉を刻み込んだ。いつでも取り出して体を温められるように。あなたは震える手でマグカップにコーヒーを注ぎ、一分間丸々私のことをじっと見つめた。あれは人生で最も強烈な時間だった。あなたの黒い瞳の中で溺れてもいい。あなたが私を求めていると感じたけど、私たちは前とは違う。まずは話をする時間を取った」

「あなたは私の手を握りしめた。あんなこと、以前は絶対にしなかったはずよ。ああいうふうにはね。あなたの胸が上下するのが見えた。〈どうして一度も返事をくれなかったの？〉あなたは〈そのほうがいいから〉と答えた。それからそれはひどい間違いだった、とも。リヨンに行き、勉強して、働き、ほかの女たちと出会った。でもあなたには無邪気な存在が必要だったの。ちょっとおめでたくて、あなたの話を真剣に聞いて、あなたを深く愛し、言葉にせずとも崇拝し、深い物事を言い表そうとすると言葉を失う若い女が。計算のなさ、絶対的な献身性、稀にある大爆笑、一体感、優しさ、あなたの一言一句を逃さないように耳を傾け、批判することのない私に話す時間が恋しかったでしょう。私がどこに行ったか聞く勇気もなかったよね。私に男ができたんだろうって、私が人生を通じてせいぜい二、三人の男と長く付き合うタイプの女だろうって信じ込んでたから。だからもう手遅れだと思ってたんでしょ。私を手に入れるには、いいタイミングでそこにいないとダメなの。数カ月タイミングがずれたら、もう何も残らない。私の愛を受ける人は、チャンスを掴みさえすれば、何年にもわたる愛情を手にできる。あなたは自分のチャンスを永遠に逃したと思い、苦しんだ。愛の病よ、ついにそれを味わった。あなたの額は焼けるように熱かった。唇で触れて感じたの。私は時間をかけてあなたの服を脱がせた。もう脱がせるものがなくなる瞬間、私の息を切らすこの興奮が消える瞬間、感嘆と安らぎの間で揺れてあなたの肉体を再発見する瞬間を恐れながら。あなたは私の中に入るのと同時に私の髪を撫でた。引っ張るのを我慢したでしょ。驚くわね、あなたは変わった。なんて優しいの。それで私を愛してる？　本当に本当？」

「あなたとの思い出が、寒い朝も孤独な夜も私に寄り添ってくれた。あなたのことが頭から離れることはなかった。あなたを憎んだわ。グルノーブルで不自由なかったのに、あなたはそこを離れ、ほかの街、ほかの女を知る必要があって、新しい環境で前と変わらない生活をしなきゃならなかった。いつか再会できるだろうという期待は、ついには密かな確信に変わった。だってあなたは私の日常に存在していて、私と食事を分け合い、私を先導してくれてる。あなた以外には誰もいない。私から言葉を奪い、私のあらゆる動作に反応し、雨を好きにさせる人はあなただけ。そこにいてくれるだけで快感を覚え、影を見るだけで嬉しくなる、そんな人はあなただけよ。あなたこそが幸福の源なの。私はあなたのそばでしか完全でいられない。あなたの頭脳明晰さ、観察眼、美的嗜好、繊細さ、ユーモアを愛してる。そして何より、私たち二人ともが沈黙を尊重していることが愛おしい。私がどれだけ沈黙を恋しがっているか知らないでしょ。不毛でうわべだけの会話をどれだけ嫌っているか。あなたとは何もかもが自発的で、自然なの。求めることも、疑うこともない。私はあなたにすべてを捧げるけど、必ず少しは自分自身を保ってる」

オーレリーはアレハンドロの家には泊まれなかった。彼はもう一人のコロンビア人とアパルトマンをシェアしていて、その男がもうすぐ仕事から帰ってくる。アレハンドロは居間、窓とミニキッチンで挟まれた空間で寝ていた。オーレリーは洋服、段ボール箱、ＤＶＤ、ダーツの矢、空き瓶が散らかる部屋を爪先立ちで移動しなければならなかった。この生き生きとしたカオス、アレハンドロの変わらぬ精神、困難を切り抜ける熱い力を再び感じた。彼女は静かに扉を開け外に出て、最後にもう一度眠る彼を見ようと振り返った。アレハンドロは以前と同じように片手を頬に、もう一方の手を首に当てている。この不変の美しさ、この細部に腹がひっくり返るような衝撃を受け、オーレリーは愛で胸が膨れ上がるのを感じた。今しがた彼に宛てて書いた手紙は置いていかなかった。そんなことをするには年を取りすぎたと急に思ったのだ。オーレリーは以前とは違い、情熱的というより、より官能的に愛を交わした。グルノーブルでの恋愛が再現されることはないと分かっていた。彼女は変わったのだ。メトロの駅に戻ると、罫線入りの紙をＲＡＴＰのゴミ箱に捨てた。

＊＊＊

フランクが彼女を待っていた。恐ろしい運命の一撃をくらって老けたように見える。

「話があるの」と、オーレリーは愛のために行動する人にありがちな自信を漂わせて彼に告げた。フランクの顔には信じられないくらい深い皺が刻まれていた。こんなふうにはっきりと彼の皺を見たことはなかった。そもそも今まで彼のことをちゃんと見たことはなかったのだ。フランクは今にも泣き出しそうだ。まず彼が口を開いた。

「おれは一人で死ぬよ。ばかみたいに一人でこの街で死ぬ。空っぽの家に払うためのローンを抱えてな。女に引っ越してくるように誘うのは、一人でいるのにも、自分のためだけに苦労するのにも耐えられないからだ。おれは四十五歳で、ここにいるため、安定した生活の中に快適に落ち着くために、あらゆる努力をしてきた。目指したのは困難がなくて、月末にクソみたいに頭を抱える必要も、毎日金を切り詰める必要もない生活だ。気楽で平和な暮らしがしたかったんだ。おれは静かな人間で、仕事では責任のある立場に就いてるし、クソみたいに物価が高い街で不動産を持ってる。君みたいな若い女が路頭に迷いたくないからって、おれみたいな惨めな年寄りに依存してる街でね。職場には若い連中がスクーターに乗って続々とランチを配達しに来るぞ。フェイスブックへの投稿と会議くらいしか仕事がないような、やる気のない管理職にクソみたいな食い物を配達するために、せっかくの二十代を原付自転車に乗って過ごすほかないんだ。苦労するぞ、オーレリー」

「そうね、よく分かった。私のことは心配しないで」

「君のために話してやってるんだ。勉強に職業訓練……いつかまた考える日が来る。金のない学生とかりそめの恋をして、屋根裏部屋に住んで……いやになるに決まってるさ。いいか、君が思っているよりも早くに、君の体が確実さを欲するようになる。キャリアなんて幻想だと思ってるんだろ。それもそうだ。間違いない。だけどそれは構造化された、安心できる、生活の中心にある脊髄みたいな幻想なんだよ。昔、人はミサに行ってただろ。今は職場に行って、同じ動作、儀式化されたルーティンをこなして、いつも同じ言葉を口にする。仕事終わりには疲れているものの、安心するんだ。みんなそれぞれの部署で必要不可欠で、代わる人のいない存在になり、仕事で爪痕を残したいと思ってる。雇用されている《アンプロワイエ》身でな。事実ははっきりと突きつけられてるんだよ。利用されている《アンプロワイエ》、使われている。でもこの言葉にショックすら受けない。失業より怖いものはないからね。思春期の子供たちが十五歳で銀行か保険の上《B》級技《T》術者免状《S》を取ろうなんて決めるとしたら、そこに情熱なんてない。やりたいからじゃない。不安だから決めるんだ。二本足で立てるようになるやいなや、職場で何をしてもいいが失業だけはするなと頭に叩き込まれる。いずれにしたってこういう人たちは、走って子供を学校に迎えに行ったり、走って買い出しに行ったり、走って小切手を口座に入金しに行ったり、走って上司の元に行ってクソみたいな目に遭う必要がなければ、一日中何をするってんだ？　病院でも、スーパーマーケットでも、広告代理店でも同じ茶番が繰り広げられてる。どこにだって自分の上に追い払えないクソ野郎がいるんだ。四十歳になって、すべてを知り、あらゆることを経験してきたと思っても、まだ見かけ倒しの上司に〝ノン〟が言えない。自分では大人になったと思っていても、いまだにもじもじした子供と同じなんだよ。〝ノン〟と言おうとすると口ごもってばかみたいに汗をかき、結局〝ウイ〟と言う自分の声が聞こえてくる。人生は長いように思えるだろうけど、苦痛じゃないさ。エゴを満たすゲームや、自分が置かれた状況のばかばかしさにも慣れる。毎日食べる物があるなんて、贅沢なことだよ。正しい道を選んだのだと、子供の頃の夢なんて何の意味もなかったのだと自分を納得させるんだ。しまいには本を書くなんてばかばかしい、時間の無駄だ、セールに行くか雑誌を読むほうがいい、ふらふら散歩するより目的地を持って歩いたほうがいい、歩くより走るほうがいいなんて考えるようになる。友人の中にはまともに稼いでいても、三部屋の家に妻と二人の子供と一緒にぎゅうぎゅうになって暮らしてるのがいる。そんなやつらを見下してやるんだ。だって自分にはこのちょっとばかっぽい、ボサボサ頭の、常にすっぴんで、いつも疲れてて、冷凍食品を食事に出すような妻はいないからね。だけど実際、自分には妻自体がいないんだよ。間抜けな独り身さ。独身生活こそが最高だなんて思ってるけど、ひどい風邪を引くと、何で友人たちが何があろうとも自分みたいに独りでいたくないと思うのかが分かる。一日の終わりに、妻が頬にキスしてくれるからだよ。セックスはしなくなっても、互いの頬にキスをするんだ」

「大丈夫よ、フランク。誰かいい女性《ひと》がいるから」

「そりゃそうさ！　次の女は間違いなく君ほど世間知らずじゃないだろうな。いい条件を嗅ぎつけてくる、冷静な女だ。強烈な恋愛関係や、下腹部を引き裂かれるような気持ちや、涙が止まらなくなるようなセックスを求めるようなことはない。若い女を狙うのは間違いだ。二十歳の女が求めるのはスリル、奔放さ、苦痛、生命感だもんな。いいじゃないか。たまには生き生きとしなきゃな」

オーレリーは私物をスーツケースに入れたままだったので、別れは簡単だった。彼女はフランクを抱きしめ、彼の幸運を祈った。彼は意地の悪そうな笑みを浮かべ、その目には復讐心が宿っていた。

「いずれにせよ、おれは平気さ。でも君は生まれるのが二十年遅かったな」

17

「スペイン語なんて一言も話せないんだぜ。試験を受けて入学してるはずなのに」

「本当に一言も話せないの？」

「むちゃくちゃだよ。言葉の最後に〝a〟を付けたら正解するかもって期待してるレベルだね。仕事を紹介してくれたウェブ・マーケティングを教えてる友達とも話したけど、授業の間、学生はフェイスブックを見てるし、出した宿題もしてこないんだとさ。連中の言い分では、読むものが多すぎるらしい」

「へえ、なんだか大学みたいね」

「携帯から手を離せないんだよ。驚いたんだけど、携帯を机の上に出して、教師の前で隠しもしないんだぜ。無礼なやつらじゃない。それが良くないことだと思ってないってだけなのさ。真っ青な顔で授業に来たかと思えば、吐き気を催して教室を出ていくし……。真面目に考えてるやつなんて一人もいないよ。学校なんて怪しげな資格を発行する金集めの装置にすぎないね。学生は満足してるだろうよ。仕事と研修を交互にやって、小遣いを稼げるんだから。企業のほうも安い労働力を得られる。そうやって目指してる職種にはまるで無意味な資格をもらうのさ。何にせよ悪い成績はつけられないよ。お客様だからな！　最高の合格率を記録しなきゃいけない。だから現在形の簡単な文を作れるやつには満点をやるんだ。おれはどうせ三カ月間の代替講師だし……」

「確かにね。で、次は何をするつもり？」

「寿司の配達でもするよ。修士号を二つも持ってりゃ応募資格はあるだろ」

「無理じゃない？　ラングゾー（パリにあるフランス国立東洋言語文化学院の略称）の日本語学科の学生が優先されるでしょ」

アレハンドロは短く、冷ややかな笑い声を上げた。オーレリーはアレハンドロの胸に預けていた頭を上げて、物欲しげな甘い表情で彼を見つめた。「きれいな目だな」彼は彼女の長い毛束を耳の後ろにかけながら、小さな声でなんとかそう絞り出した。

アレハンドロは陰気になっていった。一カ月前にパリに来て、二十五平方メートルの空間をめったに顔を合わせない同胞とシェアしている。プライバシーがないのでいつ嫌気が差してもおかしくなかった。彼はよくある私立のビジネススクールでスペイン語講師として働いていた。場所はラ・デファンスの超高層ビルに隣接する建物の一階だ。何もかもがチープだった。ウォール街を目指す修行中のゴードン・ゲッコー*たちはパリを取り囲む環状道路から外に出ることはないだろうし、学校側は国際水準の外国語教育を標榜しているものの、フランス国家にはぎりぎり認められるか認められないかくらいのもので、ホームページの英語版の翻訳はあまりにひどい。薄暗い蛍光灯が青白い光で教室を照らし、講師たちは公立の職業高校の教師と同様に冷めきっていた。学生たちは愚鈍で思い上がりが強く、中価格帯の既製服で着飾り、金融、マーケティングもしくは国際マネージメント分野における野心にしがみついていた。自分たちを見下す人間であふれる業界で頭角を現すことを夢見ているわけだが、見下されるのにも理由がある。学校の目的は、次世代の金融と経済のエリートを養成することではなく、エセック（フランスの高等商業学校。名門ビジネススクール）にもHEC《アッシュ・ウー・セー》（エセック同様世界的に有名な私立のビジネススクール）にも入れない中産階級の気まぐれを満たすことにあった。

「文句が多くてフランス人みたいね」オーレリーはいたずらっぽく大げさにこう言ったあと、すぐに自分の悪い冗談を後悔した。

「当たり前だろ。もう何年もここに住んでるんだぜ！　君らフランス人に気に入られるには、訛りを強調して、ポンチョ姿で外出しないとダメなんだろ。自分たちが想像する型におれが当てはまらないからって責められるのはうんざりなんだよ！」

「責めてなんかない！」

「おれが話してるのは、おれのフランスでの生活だろ。そりゃフランス人みたいな話しぶりになるさ！　ここで起きることは君と同じくらいおれに関係してるんだ。投票できるなら投票しに行く。友達からコロンビアで起きてることを聞いたって、自分のこととは思えないんだよ。遠いところの話だし、おれの生活はそこにない。もう根っ

＊　一九八七年の映画『ウォール街』の登場人物で、非情なカリスマ投資家。

からのコロンビア人じゃなくなった。でもフランス人になることは絶対にない。それで君と話す時は君の国とその問題を知ってることを謝罪しろってのかよ」

「謝れなんて言ってないでしょ。あなたと話すと何もかもが大ごとになる」

「ああ、そうか。おれは何でも悪くとるからな！　〈彼は傷つきやすいし、そのうえ外人だもの！〉」

「そんなふうに思ったことないってば！　三十秒後にはレイシスト呼ばわりされそう。安易にものを言わないでよ……」

「正直に言って、この国で人種差別に遭ったことはないね。おれが育った文化からしてヨーロッパ的すぎるし、肌の色もあんまり濃くないからな。何でかよく分かんないけど……でももしおれが金髪で青い目のコロンビア人だったとしても、やっぱりおれという存在はおれのパスポートに要約されるだろうよ。実際、君らフランス人はレイシストじゃない。外国びいきだよ。文化的例外を鼻にかけてるくせにアメリカの真似をしたいんだ。共同体主義は否定するくせにメルティング・ポットとか多様性とかのたわごとに憧れてる……そんなの存在するわけないだろ！　ブラジルでは奴隷の子孫は彼らの先祖と同じ色をしてるし、ドイツ系移民のひ孫はいまだに金髪だ。人は混じり合わないんだよ」

「ヨーロッパ人とは結婚しないってこと？」

「そんなことないけど、結婚したってうまくはいかないさ。その女はきっとばかみたいな家庭の夢ってのを持ってて、石膏でできた対のライオンが守る戸建ての家をローンで買いたがるだろ。門は自動開閉ができて、ワインの瓶みたいな緑色だ。年越しディナーのメニューを一カ月前には両親と決めて、テーブルのセッティング中に文句を言う。子供ができたら、満足げにスペイン語の名前を付けて、二つの文化を結ぶことに熱心な善良な市民という証しを得るのさ。そしてきれいな新品の産着を買うんだよ。君には分からないだろうけど、おれには無理だ。生理的に無理なんだ。おれは何でもその場しのぎで、先のことなんて一切考えないし、ただ適応して、計画なんてしない、そういう体質なんだよ。君らは十八歳で退職後のことを考え、妊娠検査をしたかと思えばベビーシッターについて調べ始めるし、一年前からバカンスの予約をする……おれたちはそういうふうにはできてない。それだけのこと。学校、学位、キャリアプラン……羨ましいもんだよ。清潔で、きちんとしてて、空腹で死ぬことはない。君らの先祖が必死に頑張ったおかげさ。おれたちは絶対に分かり合えない。それだけのことだよ。毎朝、登校時に母さんの心配が伝わってきた。コロンビアではもはやテレビで誰が死んだなんて発表することもない。ここではジャーナリストが一人死んだら、それは国家的な悲劇として扱われるだろ。それでヨーロッパ人との結婚なんて……オーレリー、何の意味がある？　君はすごくきれいだし、大好きだよ。愛してるとすら思える。君との間には何かがある。それは間違いないね……だけど、こんなのそんなに真剣なことじゃない。愛ってのは美しい感情だよ。だけどおれは君らの神秘的な妄想にはついていけない。ソウルメイトとか、愛が人を変えるとか、そういうばかげた話はごめんだ。愛は人生を通して何人もに対して抱く美しい感情であって、それには前後の状況とか、頭の中の余裕とか、そういう要素が影響するもんだ。〝唯一の相手〟なんていない。生涯の恋なんてありえないね」

アレハンドロはベッドから出て水を飲むために大股で部屋をふたまたぎした。まだ濡れている陰茎が腿を打ちつけながら揺れている。オーレリーは会話の展開が気に入らず、長いため息をつきながら眉間を指先でマッサージした。彼に言われたことに動揺しているわけではない。彼女もまた、自分への愛に燃えるフランクを見て同じ結論を引き出していたのだから。それよりも、今までにも何度も繰り返してきたこの種の不毛かつ体力を奪う会話のせいで、またしても睡眠時間を削ってしまったことを後悔した。

オーレリーはアレハンドロのシェアメイトが家を出るタイミングで毎日彼の家に行く。この同居人は、昼間は家庭教師の派遣会社でスペイン語教師、夜は中南米系のバーの給仕として週に計五十時間は働いている。同居人が帰宅するのは、朝六時、オーレリーがその日の職場の住所をＳＭＳで受信する時間だ。彼が彼女に軽い挨拶のキスをして、ごく簡単なスペイン語でつまらない会話を手短に交わすのが常で、オーレリーはついにスペイン語を習得したような気分を味わえる。彼女はアレハンドロの生活においてもはや秘密の存在ではなくなり、二人は様々なコロンビア人コミュニティの集まりに定期的に出かけていた。アレハンドロが溶け込むことができたのは、結局は同国人のコミュニティだけだった。彼は同胞ばかりに会うことにうんざりしていた。そして常に母国と結びつけられ、〝コロンビア人〟としてしか彼を見ないフランス人社会に留まり、周辺人となることを恐れていた。オーレリーは何度も彼に分からせようとした。同国人のコミュニティを頼れるなんて幸運だ。自分なんて、千二百万人もの同胞がいるパリでたった一人しか友人ができなかったのに。彼らは二人ともパリ社会への同化を試みたが、無慈悲なほどの失敗に終わっていた。オーレリーは自分がアレハンドロの友人たちに紹介されたのは、愛情の証しというより、疲れと、様々なことが面倒になったことの表れではないかと自問していた。

二人の会話は次第に複雑で長々としたものになり、時に前戯の時間が犠牲になることもあった。セックスはより素っ気なく、彼らの関係の中心ではなくなっていた。オーレリーは今では彼の意見に反対し、それを表明することができる。アレハンドロは変わらずプライドが高くて傷つきやすく、会話は瞬く間に不愉快な方向に進むことがあった。それでも彼は必ず彼女の元に戻ってきて、なぜ自分が傷ついたのかを説明してゆるしを請うた。彼にとって侮蔑的な言葉や自尊心を傷つける言い回しがあり、二人の間には愛をもってしても破壊できない境界線が横たわっていた。オーレリーは言語的にも、社会的にも、文化的にもアレハンドロとのギャップを強く感じ、悲しむ一方で諦めていた。できることなら、コミュニケーションをこんなにも困難で不可能なものにしてしまう、食い違う価値観や決まりごとすべてを無視したかった。フランス人で、常にすべてを言葉にして明確に表現したいと望み、非常に理性的でまるで本能的でなく、時に退屈で驚きのない女。コロンビア人で、温厚だが生まれつき警戒心が強く、いつも遠回しに物を言い、しばしば真実を語らないことで嘘をつくことを好む男。ある夜、オーレリーはアレハンドロの家で待ちぼうけをくらい、そのまま眠ってしまい、朝方彼の同居人が帰ってきて目が覚めた。その日はアレハンドロが外泊した理由を想像しては一日中苦しんだ。彼は簡潔に言い訳を述べた。「学校で働いてる仲間と一杯飲んだんだ」しかし自分のアリバイをあれこれ説明するうちに、彼は大量の酒を飲んだこと、その場には学生もいて、さらにはそこまで見た目の悪くない女の学生も何人かいたことを認めるに至った。激怒したオーレリーはアレハンドロをウソつきだと責め立て、説得力のない弱々しいヒステリーを演じる自分、それまで経験したことのなかった典型的なカップルの危機を楽しんでいる自分に気がついた。

オーレリーは自信を失い始めていた。アレハンドロは隣で寝ていて「愛してる」と耳元で囁き、彼女はそれが本当であることを祈る。浮気をしない彼を想像することができなかったが、それを考えると眠れないということは決してない。今やオーレリーは疲れた大人の若い女性であり、アレハンドロと出会った頃の、思春期を終えたばかりの大学生とは対極にいる。二人は対等な立場にあり、それぞれがパリで生き延びるために闘っていた。彼らが共に過ごす時間は欲求のはけ口にはなっているが、彼も彼女も将来の話をすることはない。オーレリーは彼を待ち続け、この時をずっと望んできたが、アレハンドロと再会しても生活は心地良いものにはならなかった。セックスのおかげで分泌されるエンドルフィンも、メトロに耐えるには不十分だ。何もせず、きれいな爪で背筋を伸ばし、片言の英語を話してタクシーを予約するだけの長くてひたすら疲れる日々の合間に、インターネットで将来の仕事を探す。この一年で、彼女は恐ろしいほど老けた。

＊＊＊

オーレリーは何週間も前から、アレハンドロに会わない夜は、バンジャマンの家で過ごすことが多くなっていた。バンジャマンはアレハンドロに会った時、彼と腕を組むオーレリーがすごくきれいに思えた。それでも、この丸くて黒い目をしたひげのない軽薄な男に彼女がなぜ惹かれるのか、その不明瞭な理由についてずっと自問していた。バンジャマンはアレハンドロが贅沢にも無限の愛情を享受していることが羨ましかった。この巨大な街で、アレハンドロは一人の女性の生活において特別な位置を与えられている。バンジャマンはそのような栄誉に与っていなかった。彼を待つ人は誰もいない。バイト先のマネージャーたちは目標で頭がいっぱいだ。記録的な速さでピザを配達すること、これが彼らが自らの人生に与えた意味であり、自分たちの活動の滑稽さやばからしさに気がつくことは決してない。バンジャマンが出会う人々は全員が真面目ゆえに苦しんでいて、それぞれがばかみたいな給料のために、社会の底辺で自分の役割を規律正しく手順に沿って果たしていた。彼はプレッシャー、競争相手との終わりのない戦いにさらされていた。「ここがいやならいい。私のデスクには送られてきた履歴書が山積みになってるからな。君の代わりにすぐにでも入れるって人間はいくらでもいるってことを頭に入れておけ」こんなふうに言われていたに違いない。バンジャマンが働いている会社は、一番速くなければならず、最高の口コミ評価を得なければならなかった。そのために彼は決められた言葉で挨拶し、インターフォンを鳴らし、料金を伝え、代金を回収するのだ。笑顔はオーレリーの職場でのそれと同様に、職務上の義務だった。必死さだけでなく、好感度も評価の対象だ。レストランチケットでランチを注文する誰かさんのために、いつでも求められるがままに働かなければならない。ジャンクフード産業の大手グループに仕える奴隷まがいの使用人になるために、若い彼が持つエネルギーのすべてを結集し、捧げなければならなかった。

オーレリーはバンジャマンと仕事の話をするのがますます好きになっていた。彼からは一切の下心を感じず、それが彼女をこの上なく喜ばせた。

「思うんだけど、私があんなにアレハンドロとのセックスが好きだったのは、もちろんそれが良かったからよ。新しい喜びを知れた。でも何よりもほかに何もすることがなかったからなの。今なら分かるよ。自分が滞在許可証の問題で困ってる時にじっと見てきて、二日間会えないからって泣き出しそうになる女なんて、めちゃくちゃイラつくに決まってる。今は、夜はただ眠りたいし、彼もそうみたい。たまに一緒にラテ、ィー、ハーノバーに出かけて無理に飲むこともあるけど、これって安心したいからなんだよね。この一週間、仕事をしてメトロに乗っただけじゃなかった、ってね。それに彼の仕事も私の仕事もすごくばかげてるから……」

「オーレリー、気づいたろ？　おれたちは今やパリをすごくよく知っていて、この街で退屈する余裕すらある。でも信じられるか？　パリにいて、家から出たくないなんて。エッフェル塔なんかどうでもいい、観光客の群れに悪態をついて、街中で断りもなく写真に撮られることに耐えられなくなって……やってられないよ」

「ここでの生活は退屈ではないけど、グルノーブルよりずっと疲れるし、一年経ってもまだ自分の家がないんだよ。あちこちで居候して、自分が社会不適合者になったような気分。牛乳を一パック買うのにも、本を探し出すのにも、映画館に行くのにも一、二時間かかる。この街にいたら頭がおかしくなりそう」

「おれたちのための街じゃないんだよ。おれらはこのモデルタウンの物流と外観の清掃を任されてるにすぎないのさ」

18

バンジャマンがG7（フランスの大手タクシー会社）のタクシーにはねられた。車は黒いメルセデス・ベンツのAクラスで、オー＝ド＝セーヌ*ナンバー、事故は二〇一〇年十一月、金曜日の夜に起きた。バンジャマンは右足を骨折し、両手首も激しく痛めた。サヴォワ風ピザの切れ端を頬にくっつけた状態で救急病院に搬送され、タクシーの運転手は彼が病院に向かう様子を携帯電話で撮影した。オーレリーは知らせを聞いても驚かず、毎日彼を見舞いに行った。病室の雰囲気は重たく陰鬱なものだった。

「もう引き上げるよ、ようやく分かった。おれの体を見てみろ、ちくしょう……スクーターでピザを売るために脚を一本犠牲にしたんだぜ。配達時間を二分稼ごうとして交通違反した結果がこれさ。こんな生活してたらばかになる。君だってどうだ。美人で頭もいいのに受付ホールでヒマして給料をもらってるんだろ。エネルギーの無駄だよ。このクソみたいな街で若さを犠牲にしてる」

オーレリーは目を伏せて彼の話を聞いていた。あまりに気が沈んで反論もできないが、彼が正しいと認めるのも恥ずかしい。バンジャマンは憎しみと軽蔑心に駆られて輝きを取り戻していた。熱に浮かされ、険しい道、曲がりくねった方向にばかり進む自分の精神にひどく悩み苦しむ一方で、体はベッドの上で壊死しかけていた。言葉には熱がこもり、激情をあらわにし、幾多の挑戦に立ち向かうと誓い、天、（今までに一度も引き合いに出したことのない）神、看護師、介護士、見舞いの人たちに向かって、自分は間抜けな人生は送らないと宣言した。バンジャマンは罵倒することで痛みを忘れていた。辛辣で、大げさで、手厳しく、冷酷で、常に正しかった。オーレリー

＊　パリの西側にある県で、二〇二一年の調査ではパリに次いで全国で二番目に平均所得が多かった。

は毎日彼の見舞いに来てはその平手打ちのような言葉を受け止め、何もしないことを正当化するかのように、怠惰や不安、それからもっと遠く、もっと行きづらい場所にある別の何かを求めているからといって、登ることのなかった山々のことを思い出しては心を痛めた。

「親の真似をしようとするから人生が難しく感じられたのさ。時代が全然違うんだから、そんなことできやしないのに。闘ったし、勉強したし、選抜試験を受けることも考えた。意味もなく親と同じことをしたいと思ったんだ。それでしくじっちまった。何か別のことを考えて、別の居場所を探さないと。別の街、別の職種、別の環境だ。全部ゼロからやり直さなきゃダメだよ、オーレリー。全部だ。親の人生の安っぽい劣化版みたいな生活を目指してここに留まって、クソみたいな目に遭ってどうすんだよ。親世代の人間には決められたレールがあったけど、おれらはおれらの居場所を見つけなきゃ。親よりも生活が苦しいからってメソメソするのはもう終わりだ。あの世代は仕事に困ることもなく、サンダルを買いに店に行った翌日にサンダルの売り子になってた時代に生きてたんだから。学位なんてなくても販売外交員《VRP》になれた。そんな茶番の結果、どうなった？　結局のところ親を羨むことなんて何もない。豊かさを失い、パリを失い、フランスも、完全雇用も失ったと認めなきゃダメだ。そして何より、もう二度といいように使われちゃいけない」

＊＊＊

三分待つと、当番薬局で購入した医療用ガジェットに青い十字が現れた。アレハンドロはまだ寝ている。オーレリーは彼を起こすのをためらった。表情は穏やかだが、ごくわずかな神経性のチックで顔がぴくぴく動いていた。彼らは深く考えることなく、ただ愚かに愛し合っていたが、二人ともが別れを告げるべき瞬間を待ち構えていた。すべてがあまりにも行きすぎ、あまりに制御不能で、あまりに暴力的で、あまりに不条理になる瞬間を。彼らが今や嫌悪するこの街で自分たちに与えたセカンドチャンスの不自然で無理のあった面を受け入れ、お互いが再び一人で前へ進もうと決心する瞬間を。二人を結びつけているのは不満と失望だ。オーレリーはこの男の子供を身ごもっていたが、驚くことではない。この数カ月、彼らは細かい現実的なことに気を配るにはあまりに疲れ、打ちのめされていた。それでも欲望が二人にいくらかの生気を吹き込んでいたのだ。彼女は彼には何も言わないことに決め、また眠りについた。

翌日、オーレリーの一日はいつもどおりのろのろと、諦めが漂う中で過ぎていった。時々、自分が妊娠していることを忘れる瞬間もあったし、〝妊娠〟という言葉は自分には関係ないように思えた。すべてが一瞬で変わるなんてことはないのだ。平穏で静かに流れていくいつもの一日がかき乱されることはほとんどなかった。この日は七区の公証役場で働き、彼女が代わりを務める本来の職員は産休に入ったということを知った。母親としての生活などまるで考えられず、自分の腹が膨らむ様子を想像すると、ばからしくなった。出産はあまりにも遠い世界のことで、彼女は妊娠のリスクから身を守ろうと考えたことすらなかった。いつか経験したいとは思っていたものの、自分の人生の意味を常に問いながら人の命を身に宿すなんてことはできない。その夜、またアレハンドロの家に行くと、彼は大量の塩をかけた茹ですぎのパスタに電子レンジで温めた缶詰のツナを混ぜ入れながら、その日あったことを話した。何もかも鉄の味がしたが、オーレリーは吐くのをこらえた。アレハンドロが眠りにつくまで、彼女は話をすることができなかった。「疲れてるんだな」彼が肩を少しすくめてそう言うと、胃を一発殴られたような気がした。アレハンドロはいびきをかきながら眠りに落ちた。

オーレリーは彼がスペイン語でいくつかの言葉をつぶやく様子を見て、みだらな夢を見ているのだろうと想像した。突然、二十年前からこの男と暮らしているような感覚、若く生き生きとしていたはずの自分たちの体が、老いてくたびれてしまったような感覚を抱いた。この数カ月で何が起きたのか？　オーレリーの体には疲労が蓄積され、これまで理解しようなどと思ったことのない教訓の数々を受け入れる必要に迫られた。彼女はアレハンドロに別れを告げる心の準備をした。すぐ隣にいる、愛しているはずの女の不安を察することもなく自分勝手に眠るアレハンドロを見て、やっとこの男を自分の頭から引きずり出せると思うとほっとした。

何も言わずにアレハンドロの元を去っても、彼が追いかけてくることはないだろうと分かっていた。彼は騙され、捨てられたような顔をしながら実際には安心するだろう。そしてあまりに長い間同じ女と寝ていたせいで失った気がしていた、居住移転の自由を取り戻す。自分が姿を消すしかないということは明らかだった。（How to disappear completely. . . and never be found again.〈完全に消えるには、そして二度と見つけられないようにするにはどうすべきか〉*）互いを恋しく思い、求め続けながら過ごした混沌に満ちた一年間が終わる頃、彼ら二人はまったくの偶然によって再会した。今や彼らが二人でいることには何の意味もない。オーレリーがいなければ、アレハンドロはついに一切の罪悪感なしにどこにでも行けるだろう。リュックを背負い、新たな場所に到着する者に特有の異常に高い決意を持って、どこであろうと飛んでいく。これは彼が疲れ果てるまで、もしくは自分の居場所を見つけるまで続くだろう。オーレリーはアレハンドロの立ち直りの早さを心から尊敬している。彼が才能に恵まれていることも知っているから、心の中で、彼が本当にやりたかったことができるようにと祈った。寝ている彼を見ると、涙が押し寄せてきた。そして心ならずも自分の腹に手を当てると、眠りにつくことができた。

***

翌日、オーレリーはパリ公立病院連合《AP-HP》の病院に併設された家族計画センターを訪れた。対応した看護師は手慣れていて、オーレリーが椅子に座る前からファイルを開き、そこに日付と彼女の社会保障番号を記入した。面接は形式的で、簡単なものだった。看護師はオーレリーにエコーを受けるように伝えた。「胎芽に生育力があるかどうか確認します。なければ中絶は行わず、自然に任せます。そのほうがトラウマが軽いから。分かりますね」

午後、オーレリーは画像検査センターに行った。メトロの中では、自分を突き飛ばしそうな乗客から何度もお腹を守った。思いもしなかった防衛本能に動かされていたのだ。アレハンドロに二度と会わないと決めたことで、オーレリーは自分の状態を受け入れた。自分自身の体に捕らえられ、支配されているようだった。愛が彼女に宿っていたのだ。下腹部にあるぼんやりとした子供の輪郭は、必死に心から追い出そうとしても、恐るべき力で彼女を突き動かしていた。子供を守ろうとすること、自分の動きが緩慢になったと感じること、すべての意識を腹部と性器、数分の快楽のためにものを忘れ、衝動に走った瞬間に命が入り込むことを許した、この間抜けな割れ目に向けてしまうことが腹立たしかった。オーレリーは自分がひどく年を食って、ばかで、

＊　一九八五年に刊行された、ダグ・リッチモンドの著作のタイトル。実際の証言を元に、どのように社会から姿を消し、新しい身分を手に入れるのか等を解説している。レディオヘッドの曲「How to Disappear Completely」はこの本のタイトルから取られた。

何より無責任だと感じた。エコーを受けてからの数日間、白く丸い、汚れのない斑点の写った写真を手に、あまりのつらさに泣き続けた。オーレリーは今、バンジャマンの家に一人で泊まっている。アレハンドロから電話がかかってくることはなく、自分の予想が正しかったことに想像よりもずっと苦しんだ。心が引き裂かれ、傷つき、弱々しく、満身創痍で、エコーの写真に取り憑かれているように感じた。この若い生命の痕跡、自分の中に宿る完璧な形、原始的な美の姿、心の奥深くを揺さぶるごく小さな細胞の塊に。「ごめんなさい」彼女は絶えずゆるしを求めた。息は荒く、胸は苦しく、乳房は爆発しそうなほど腫れ上がっていた。「これきりにする、約束するよ。これからは正しく行動して、立派な人間になるからね」耐えがたい精神的苦痛と罪悪感で身がよじれるほど痛む腹に向かって、オーレリーはそう繰り返した。

「母親になるなんて真剣に考えたことなかったけど、今、その考えに取り憑かれてる」彼女はバンジャマンにそう言った。彼はあまりにオーレリーが不憫で、粉々になった脚の尋常じゃない痛みに耐え、不平不満を垂れ流すのをやめていた。「まるで突然……自分の体が任務を負ったみたいな気持ちなの。ようやく体が何かの役に立つっていうか。完璧な機械が動き始めたって感じ。それを自分で止めるんだよ。そうするしかないけど、不自然で乱暴に感じるわけ。それで混乱してる」オーレリーは安らぎと感謝を感じながらバンジャマンの胸に頭を乗せていた。バンジャマンはキスしたい、愛情を示したいという決して口にできない欲望にとらわれ、困惑しつつ、彼女の肩をそっと叩いた。

「おれも地元に帰るよ。心配するな、オーレリー。大丈夫さ。時がくれば、君は素晴らしい母親になる」

＊＊＊

看護師はオーレリーに〝経口薬による胎芽の排出〟の候補日を挙げ、彼氏が付き添うかどうか尋ねた。オーレリーはこの質問に驚いた。こういう状況では彼氏などいないのが普通だと思っていたからだ。家族計画センターの待合室では、若いカップルが大きな音を立てながら激しいキスを交わしていた。この二人は自分たちの愛の結晶を厄介払いする。まるで望まない副作用か何かのように、パーティーをぶち壊した面倒な人をさっさと記憶から消すかのように。彼らは招待されている今夜のパーティーの話をし、じっとりと見つめ合い、お互いに対する欲望をまだ燃やしていて、その欲情的な目つきにオーレリーは吐き気を催した。この世界はどんよりしていて、凡庸さや下劣で複雑なことばかりに満ちているように思える。自分自身を省みれば他人のあさましさを責めることはできないが、この不健全で、過度に複雑で、苦痛に満ち、悲しみを抱えた種に属していることが悔やまれた。

一人の妊婦とすれ違い、オーレリーは苦しんだ。その輝いた顔、手をそっと腹の上にのせる様子が羨ましかった。妊婦は幸せのオーラを周囲に撒き散らしていた。愛情深く信頼に足る男、共に歳を取り、肉体と精神の衰えを分かち合いたいと思えるほどに愛する男となすがままに肉体関係を持ったくせに、かまととぶった聖女みたいだ。年の頃は三十代。若いうちに子供を産むのは良くないのだ。それはのんきで自己中心的という、若者がいやおうなしに持つ性質に対する挑戦にほかならない。環境が整ってから、つまりパートナーと長く付き合い、トローゲンのたんすとヘンスヴィークのベッド（どちらもイケアの子供向け家具のシリーズ名）が置かれた子供部屋を準備してから子作りをすべきなのだ。オーレリーは何でも決まりどおりにやる人たち、指定された日に生殖行動をし、専門家が作ったカレンダーに沿って排卵日を計算する人たちを軽蔑し、家族計画という言葉自体に吐き気を覚えていた。シャンパンを開けながら家族に妊娠を報告し、早くも孫の名前の候補を挙げる未来の祖父母の幸せを刺激する女たち。恥ずかしげもなく「はらまされたの」などと言う女たち。老後のことを考え、追加で保険に加入し、家のローン用、養育費用、バカンス用、それぞれ別の口座を作り、貯蓄をする女たち。

***

看護師は、最後にもう一度、オーレリーに自分の選択に迷いがないかどうか尋ね、彼女から確認を得ると、ごく小さな錠剤が一錠だけ入っているアルミニウムの包装シートをひねった。そして水の入った紙コップをオーレリーに渡し、もし吐き出してしまったら必ずやり直さないといけない、と説明した。オーレリーは吐き気のこと、生理のこと、生理の遅れのこと、性的パートナーのこと、性感染症《MST》のこと、人生設計のこと、計画的な出産のこと、子宮のこと、月経の周期のことについて話を聞かされるのにもう耐えられなかった。彼女が望むのは安らぎとつつましさ、地味で平和な生活だ。オーレリーはこの日の午前中を過ごす個室に連れていかれた。妊娠中絶《IVG》を伏せた病院の診断書を提出すれば、午後には仕事ができる。でも仕事には戻らない。退職届を送り、携帯の電源は切ってあった。両親は娘の帰郷を知っても、何も聞いてくることはなかった。

腹部に激痛が走り、間もなく大量に出血した。外からは車の音が聞こえ、空気は灰とアルミニウムの味がした。彼女は二十歳だった。

訳者あとがき

本書はル・ディレッタント社から二〇一七年に刊行されたマリオン・メッシーナ著『Faux départ』の邦訳である。原題は「フライング」を意味するフランス語で、ジャーナリストとして活躍するメッシーナの初の小説作品だ。フランス国内で高い評価を得た作品だが、著者曰く、刊行後、ゆっくり時間をかけて読者が増えていったという。宣伝文句よりも内容が一般読者の心に響いたことの証しだろう。

主人公のオーレリーはグルノーブルの〝灰色の郊外〟出身の若い女性。コンクリートの集合住宅が立ち並ぶ団地で生まれ育った。多少フランス社会について知っている人ならば、これだけで彼女が〝労働者階級の貧しい家庭〟の出である、と想像できるかもしれない。ではオーレリーの生活がひどく貧しかったかというとそんなことはなく、子供時代には習い事をし、バカンスには家族でキャンプ場に出かけ、高校では教師陣にはいい思い出がなさそうだが、優秀な成績を収めたうえに人種差別や性病、環境問題など、さまざまな社会問題に積極的に取り組んだ様子がうかがえる。さほどいいものではなかったにせよ、恋人もできた。オーレリーは充実したキャンパスライフ、そして仕事で輝く自分を思い描きつつ高校を卒業し、大学に入学する。しかしそこで彼女を襲うのはとてつもない孤独と退屈であり、最初の二時間の講義を終えたあとは、「長い間抱いてきた幻想が、これほどにも無味乾燥で無益で長ったらしいものだったということを、どう理解していいか分からないでいた」。

そんな中、アルバイト先でコロンビア人留学生のアレハンドロと出会い、彼を通して「世界に向けて窓が開いた」気分になるのだ。そのアレハンドロは祖国に失望し、大きな文学的野心を抱いてフランスに来たものの、学生寮の清掃アルバイトとコロンビア人仲間との酒飲みにあけくれながら漠然と日々を過ごしており、憧れたような作家には決してなれないだろうと悟って落胆しつつも、何も変えられない自分に苛立っていた。

ひとところに留まることのできないアレハンドロがグルノーブルを離れたのを機に、オーレリーは大学を辞めてパリに出て、ユースホステルに滞在しながら惨めな条件でオフィスの受付係として仕事を始める。登場人物たちのパリ生活の描写は強烈だ。世界中から毎年何千万人もの観光客を惹きつけるこの街は「汚く、人を寄せ付けようとしない」し、「醜く、汚れていて不健全で、道端で客を漁る梅毒持ちの娼婦のよう」。それにもかかわらず、誰もパリを離れられない。「パリはおぞましく、中毒性があった」。オーレリーがパリで見つけた唯一の友人、やはり地方出身のバンジャマンはこう言う。「おれらはこのモデルタウンの物流と外観の清掃を任されてるにすぎないのさ」

この小説ではさまざまな略語や近年の社会現象を表す用語が記号のように登場する。コロンビアからフランスに到着したばかりのアレハンドロが多くの難解な機関名、大学用語、各種略語の洗礼を受けているかのような描写には、私自身の留学時代が思い出された。漠然とした夢（とも言えないもの）を思い描いて渡仏し、結局何者にもなれなかったという落胆もまた共感するところである。しかしこれは何も留学生に限ったことではなく、フランス人のオーレリーにとってもまた同じなのだ。多くの用語と同様に、スーパーマーケット、家電量販店、チェーンの衣料品店等の名称も、主に登場人物たちが属する社会階層を表すものとして登場する。このほか著名人の人名も含めすべて実在し、日本人読者には馴染みのないものが多いが、注は最小限に留めた。

著者のメッシーナは一九九〇年生まれ、グルノーブル出身で、雑誌「マリアンヌ」等で活躍するフリーのジャーナリストである。オーレリーと同様、両親は労働者階級に属するという。この小説は自伝ではないとしつつも、インタビューの中で「(この物語の)背景、下層の出身者が持つ劣等感は、確かに私のものです」と語っている。

フランスの移民問題、貧しい人々が集まる郊外の問題はよく語られることだが、さらにその外に広がる地方、産業空洞化やグローバリゼーションのあおりを受けた地域に住む人々と、都市に住む富裕層との間の経済的、地理的、社会的、文化的な分断も長い間取りざたされている。二〇一八年にはこういった「周縁部」の人々、月末に家計のやりくりに苦労するような人々が、燃料価格の高騰や燃料税の引き上げをきっかけに主要都市で大規模な抗議デモ「黄色いベスト運動」を長期間にわたって行ったことは、日本でもよく報道された。メッシーナはこういった「周縁部のフランス」はパリや大都市の中にも存在する、と指摘しているが、地理学者クリストフ・ギリュイが提唱するこの「周縁部のフランス」について、「忘れられていたところに再びマルクス主義を持ち出した点が非常に興味深い」と語っている。

「郊外、移民、統合の問題などはよく語られますが、現実の問題はそれよりもマルクス的なものです。イギリスの大金持ちの家に生まれれば、比較的苦労せずにロンドンの中心部に居場所を得られるでしょう。でもイギリス北部の元炭鉱夫の家に生まれていたら、白人であっても意味がありません。どこかに居場所を獲得することはとたんに難しくなるのです」

オーレリーはいくつかに大別される学生グループのうち「冴えない白人」に属し、人種差別に遭うことはないが、状況は苦しい。「教養があり、美人で、フランス語が母国語、つまり大きなハンディキャップはないけれど、それでも事態を打開できません。（中略）オーレリーがマグレブやアフリカ系だったとしても（この小説の内容は）何も変わりません。でも私は人種や民族の問いを超えたかったのです。オーレリーの唯一のハンディキャップは彼女が属する社会階層ですが、このハンディキャップは究極のものなのです」

メッシーナは、充実した子供時代を過ごし、優秀な成績で高校を卒業した。初めて受けた大きなショックは、エリート校であるグランゼコールに進学するための準備学級*があることを大学進学後に知ったときだという。どんなに優秀であっても、〝灰色の郊外〟にある高校ではそういった選択肢を提示すらされないのだ。そこでメッシーナは能力主義に疑問を持つ。ル・ディレッタント社による著者紹介文を見てみよう。「訛りのない郊外出身者で、放火犯でも犯罪の被害者でもない。読書好きでグルメな

＊　グランゼコールの入学希望者は高校卒業後に二、三年の準備学級に通うのが一般的。

労働者の両親に育てられたマリオン・メッシーナはどんな紋切り型のイメージにはまることも良しとしない運命にあった。外交官としての未来が待っていると信じ、デリケートな地域の工業高校に通っている頃からオックスフォード大学に留学することを夢見て、バラタナティヤム（インド古典舞踊）のレッスンの合間に旅行カタログをめくりながら午後を過ごしていた。しかし国連もマドラスの劇場も、彼女の才能を活用しようとしなかった。メッシーナはフリーランスのジャーナリストとなり、政治学を学び、最終的に農業のBTS（上級技術者免状）を取得した」

二〇二三年の夏、本書と対になっていると考えられるメッシーナの二作目、『La peau sur la table』*が刊行された。舞台はほんの少し先の近未来。若い女性大統領により国歌を「ラ・マルセイエーズ」からベートーヴェンの「歓喜の歌」に変更されたフランスだ。離婚後に一人娘の養育権を失った女性教師、パリの裕福な家庭の出で文学の博士号を取得しながら田舎町のスーパーの精肉コーナーで働く男性、親から継いだ小規模農園が廃業の危機に瀕している農夫。登場人物たちは皆三十代と考えられ、それぞれが社会規範や税金、監視の強いプレッシャーにさらされている。とある学生が不満を訴えるために国民議会前で焼身自殺をした衝撃の事件を機に、彼らは怒りに燃えてパリへと向かう……オーレリーとアレハンドロの物語を読んだあとの「それでも彼らはまだ若いし、これからがある」という気持ちは、いとも簡単に打ち砕かれることだろう。

作家ブノワ・デュトゥルトルによれば、メッシーナが浮き彫りにするのは、現代社会における新たな〝地に呪われたる者〟で、彼らは必ずしもフェミニズムや反人種差別のスローガンに共鳴しているわけではない。こういう人々の現実が前述の「黄色いベスト運動」で明らかになったのである。メッシーナはイデオロギーを主張するのではなく、ただひたすら、社会のシステムに押し潰され、消去されようとしている人々の具体的な現実を描写し、私たちに突きつけているのだ。

「怪物じみた時代を語るには、怪物じみた小説が必要だ」。これは三十代から四十代の作家三名がル・モンド紙に寄せた寄稿記事のタイトルだ。あたかもリアリティショーのような過度なナルシシズムにあふれた自伝本、「コスチュームもの」（表面的で華美な歴史小説のこと）ばかりが「小説」として書店やメディアにあふれる傾向に警

＊　一九五九年にテレビインタビューに応えたセリーヌの発言、「ひとつ覚えておいてください。大いなる霊感の源、それは死です。命を賭ける覚悟がなければ（Si vous ne mettez pas votre peau sur la table）何も得られません」から取られたと思われる。

鐘を鳴らし、現代芸術としての小説を求める内容である。三名の作家とは、ゴミ屋敷に住む老婦人の一日を通して社会の暴力性を描写した『Madame Diogène（ディオゲネスばあさん）』（二〇一四）で高い評価を受けたオーレリアン・デルソー、核爆発のおかげで刑務所から逃げ出し、自然の中で生き延びようとする男を描いた『Trois fois la fin du monde（世界の終わりは三度訪れる）』（二〇一八）で各賞を受賞し、幅広い読者を獲得したソフィー・ディヴリ、奇妙な森の中にある高級レストラン、パラレルワールドのような世界で〝働くチャンス〟にありついた若い男が屈辱的な扱いに耐える『La chance que tu as（どんなに恵まれたことか）』（二〇一四）でデビューしたドゥニ・ミケリスの三氏。それぞれスタイルは違えど、現代社会のありようを痛烈に描き出す作家であり、この寄稿記事にメッシーナも賛同し、ほか十二名の同年代の作家とともに連署している。寄稿記事中にこうある。「未来の読者はこう疑問に思うだろう。二〇一〇年代の作家たちは、なぜこれほどまでに、彼らの仕事が切実に求められていた時代から目を背けることができたのだろうか」

本書『窒息の街』についてメッシーナは「周囲のすべてが崩壊しているというのに、すばらしく美しいラブストーリーを書くのは不誠実だと思う」と語っている。「怪物じみた時代」の閉塞感を真っ向から私たちに提示する彼女の活躍に、これからも期待したい。

翻訳にあたって初歩的な質問にも快く答えてくれた著者のマリオン、協力してくれたフランスと日本の友人たち、的確な指摘をくださった早川書房の窪木竜也氏、本書の翻訳を手がけるよう勧めてくださった堀茂樹先生に深く感謝する。

二〇二四年八月

文中のマリオン・メッシーナの発言はすべて次のインタビュー内容から抜粋した。
「マリオン・メッシーナ：すべてが崩壊しているというのに、すばらしく美しいラブストーリーは書けない」ル・コントワール（ウェブメディア）、二〇一八年二月二十二日
https://comptoir.org/2018/02/22/marion-messina-je-ne-peux-pas-ecrire-une-superbe-histoire-damour-alors-que-tout-seffondre/
「怪物じみた時代を語るには、怪物じみた小説が必要だ」ル・モンド紙、二〇一八年十一月三日
https://www.lemonde.fr/idees/article/2018/11/03/pour-dire-notre-epoque-monstrueuse-il-faut-des-romans-monstrueux_5378351_3232.html

KARMA POLICE
Words & Music by THOMAS YORKE, EDWARD O'BRIEN, COLIN GREENWOOD, JONATHAN GREENWOOD and PHILIP SELWAY
©1997 WARNER/CHAPPELL MUSIC LTD.
All Rights Reserved.
Print rights for Japan administered by Yamaha Music Entertainment Holdings, Inc.

訳者略歴　パリ第一パンテオン＝ソルボンヌ大学造形芸術修士課程修了，字幕翻訳家，フランス語翻訳家　字幕翻訳『幻滅』グザヴィエ・ジャノリ監督，『どん底』ジャン・ルノワール監督，他多数

窒息《ちっそく》の街《まち》

2024年10月10日　初版印刷
2024年10月15日　初版発行

著者　マリオン・メッシーナ

訳者　手束紀子《てづかのりこ》

発行者　早川　浩

発行所　株式会社早川書房
東京都千代田区神田多町2－2
電話　03－3252－3111
振替　00160－3－47799
https://www.hayakawa-online.co.jp

印刷所　三松堂株式会社
製本所　三松堂株式会社

Printed and bound in Japan

ISBN978-4-15-210368-0 C0097

JASRAC 出 2407041-401

乱丁・落丁本は小社制作部宛お送り下さい。
送料小社負担にてお取りかえいたします。

本書のコピー、スキャン、デジタル化等の無断複製は
著作権法上の例外を除き禁じられています。